対決

Tsukimura Ryoue

月村了衛

光文社

対 決

目次

装幀
岡 孝治

写真
ooyoo/E+ metamorworks/iStock/Getty Images plus ゲッティイメージズ提供
metamorworks / PIXTA（ピクスタ）

I
端緒

1

メモを取っていた手を止め、菊乃《きくの》は思わず顔を上げて訊《き》き返していた。

「え、それってどういうことですか。もう一度お願いします」

「だから検察が資料を洗いざらい持ってったってことに後で気づいて、統和《とうわ》医大はもうひっくり返るほどの大騒ぎになってんだって、今」

私立統和医科大学の教養課程でかつてドイツ語を教えていたという瀬島《せじま》は、面倒くさそうに言い直した。

「ちょっと待って下さい、地検が強制捜査に入った時点で関係書類を押収したことは当然大学側も分かってるわけでしょう？　目の前で見てたんですから。なのに〈後で気づいて〉ってのがよく分からないんですけど」

「ああ、そういうこと」

瀬島は意味ありげな笑みを浮かべ、カフェの店員が運んできたコーヒーカップを手に取った。

「地検は裏口入学の捜査に来て、関係書類を残らず持ってった。令状もあるし、大学側としては、まあしょうがないって感じで立ち会ったんですよ。ところが次の日、もしかしてあの書類も入ってたんじゃないかって、ふと言った人がいて、全員真っ青になって探してみたらどこにもない、やっぱり検察が一緒に持ってってったんだと」

十日前、東京地検特捜部は贈賄容疑で統和医科大学の強制捜査を行なった。政治家子息の入試に加点する見返りとして、同大が予定している学生寮建設用地取得に便宜を図ってもらったというのである。息子のため裏口入学を依頼したとされる政治家も受託収賄容疑で逮捕された。それまで任意の取り調べを受けていた統和医大の学長と理事長も贈賄容疑で在宅起訴されている。当然ながら、マスコミ各社はそれぞれ独自のネタをつかもうと一斉に動き出した。

日邦《にっぽう》新聞社会部の檜葉《ひば》菊乃は、取材に応じてくれそうな関係者を探して回り、初老のドイツ語講師である瀬島にようやく行き当たったのだった。

「あの書類って、なんなんですか。入試関係の書類じゃないんですか」

「入試関係には違いないんですけどね、例の裏口入学の件じゃなくて、もっと大変なやつですよ」

いよいよもったいぶりながら、瀬島はカップを口に運ぶ。

この店で最初に会ったときから、彼には中年の女性記者である自分を軽く見ているような気配があった。

「裏口入学より大変なことって、なんなんです？　そんなこと、ちょっとありそうには思えないんですけど」

ハッタリかと思い、軽い口調で返したのが期せずして功を奏した。

「統和医大にとって最も隠したいこと。万が一にもバレたりしたら裏口入学どころじゃない、それこそ世間が仰天するようなネタです」

「はあ」

こちらの気のない様子に、瀬島はむきになったようだった。

「あそこはね、女子学生をできるだけ合格させないように、入試では女子の点数を減点してるんですよ、毎年。その証拠を持ってかれたって話なんです」

それは医大に対して菊乃が抱いていた先入観、いや常識を根底から覆すものであった。耳を疑うどころの話ではない。

「まさか、冗談でしょう」

「冗談なものですか」

瀬島の面上に得意げな色が浮かぶ。彼を紹介してくれた人の話では、『あいつはかつての職場をよく思っていないので、なんでも話してくれるんじゃないか』ということだった。

「女子を差別して、本当は合格だった学生も平気で落としてた。何も知らないで受験した女子はたまったもんじゃない。この事実が表に出れば大問題だ。人権問題でもあり、訴訟を起こされたら統和医大は莫大な損害賠償を請求される。それ以前に、入試が最初から不正ありきだなんて知られたら、大学の権威も経営も崩壊でしょう」

俄然《がぜん》緊張を覚えつつ、菊乃は瀬島に改めて質《ただ》す。

「疑うわけではありませんが、にわかには信じられないと申しますか、とても本当のことは……」

「別に信じたくなければそれでもいいですよ。僕は医大の不正を訴えたいとか、そんな大層なことを考えてるわけじゃないですから。第一、僕は当事者でもなんでもないんで」

社会部記者としての魂がもし自分にあるとするなら、今胸の内で赫々《かっかく》と火を発しているのはその〈魂〉に違いない。

「そのお話、もう少し詳しくお聞かせ願えませんか」

瀬島から目を逸《そ》らさず、菊乃は慎重に言葉を発した。


瀬島への取材を終え、支払いを済ませてカフェを出た菊乃は、興奮と惑乱とを抑えきれぬまま一番近い山手線田端《たばた》駅へと向かった。

東京都千代田区にある統和医科大学は、建学百二年を誇る私立の中堅医大である。

その統和医大の入試において、以前から女子受験生への一律減点操作が行なわれていた——

考えれば考えるほど、瀬島の話は衝撃的なものだった。

女子学生にとってあまりに不利なシステムだ。しかもそのことは、募集要項のどこにも記されていない。

瀬島の言った通り、この事実が公表されれば大変なことになる。

政治家子息の裏口入学など、すでに頭の中から跡形もなく消えていた。

田端駅に着いた。菊乃は駅ビル内にある有名チェーンのカフェに入り、連日の過剰摂取からもう飲みたくもないはずのコーヒーを注文して空いている席に座った。

すぐにノートを広げ、聞いたばかりの話を整理する。
一、女子一律減点は二〇一〇年頃にはすでに常態化していた。少なくとも瀬島氏は二〇〇八年に耳にしている。
二、統和医大の入試は、マークシート方式による一次試験合格者が、面接、小論文、適性検査などを含む二次試験を受け、学長や教授らによって構成される入試委員会が合否を判定するというシステムである。この一次試験の点数に対し、女子受験生に対してのみ一定割合の係数を掛け、一律に減点していた。
三、これは関係者の間では暗黙の了解事項と化しており、瀬島氏の推測では、他の私立医大でも同様の措置が採られているのではないかという。
こうして書き出しているだけで震えが来た。女性としての怒りであり、記者としての歓喜である。

これほどのネタにぶつかる僥倖《ぎょうこう》は長い記者生活でも滅多にあることではない。

鉛筆を置いてコーヒーの紙コップを取り上げる。持つ手の震えが伝わって、黒く丸い水面が静かに細かく波立っていた。

今年で四十三歳になる菊乃が日邦新聞社に入社したのは、二十三歳の新卒時である。本社採用で、静岡支局に配属された。二年後、二十五歳でちょっとした特ダネをつかんだ。その功績が注目され始めた矢先、妊娠、出産。育児休暇を取らざるを得ず、日邦新聞系列の週刊誌に出向となった。それが大きな挫折感とならなかったと言えば嘘《うそ》になる。そしてDVをはじめとする思い出したくもない出来事の末、離婚。シングルマザーとして幼い娘を育てながら週刊誌での仕事に全力で取り組んだ。

そこで書いた記事が認められたということもあり、本社の社会部長が菊乃を本紙の社会部記者に抜擢《ばってき》してくれたのだ。社会部長は静岡支局時代の上司であった。いずれにしても予期せぬ幸運であったが、四十を過ぎて社会部記者になった菊乃に対し、社内の風当たりは強かった。

それどころか、今日までの人生を振り返ると、女性であるというただそれだけで、一体どれほどの差別やハラスメントを被《こうむ》ってきたことか。

——結局さ、女は得だよね。

——せっかく女なんだから、もっと女を使ってネタを取れ。

——わきまえない女は一番嫌われるよ。もっと控えめにしといたら？　謙虚に、控えめに、ね？

——だから女は面倒なんだよ、シャレってもんが通じないし。

——頭のいい女が一番始末に困るんだ。すぐに思い上がるからな。

忠告めかした、あるいはあからさまに蔑《さげす》んだ言葉を絶えず浴びせられる。現在ではさすがに少なくなったが、実際に身体を触《さわ》られた経験も枚挙に暇《いとま》がない。

何より腹立たしいのは、そうした言動を日常的に行なっている連中のほぼ全員が、「自分は適切にふるまっている」と信じて微塵《みじん》も疑っていないということだ。

だからこそ女子学生達の――彼女達自身はまだ知る由もない――無念を我が事のように感じる。

なんとしてもこの事実を暴き、白日の下《もと》に晒《さら》さねばならない。さもなければ、この差別はこれからも毎年繰り返される。医師を目指して毎日こつこつと勉強に励んでいる女子学生の努力が、誰にも知られぬところで無残に踏み潰され続けるのだ。

だが、待て――

現在のところ、裏付けとなる証拠は何もないどころか、伝聞による瀬島の証言があるだけだ。

彼の話が本当かどうか、まずはその信憑《しんぴょう》性を裏付ける状況証拠だけでも手に入れる必要がある。

結局コーヒーには口もつけず、ノートを閉じて店を出た。

田端駅から山手線に乗った菊乃は、新宿《しんじゅく》駅で降り、西口地下の大手書店へと直行した。

そこで『首都圏医大入試徹底ガイド』『医大・医学部入試資料集』といった本を数冊買い込み、同じく地下にあるカフェに入って早速ページをめくる。注文したコーヒーにはやはり手をつける気にもならなかった。

統和医大に関する記述を中心に読み進めていた菊乃は、驚愕《きょうがく》に目を瞠《みは》った。

今年度の一次試験合格率は男子18・7パーセント、女子15・5パーセント。二次試験合格率は男子8・4パーセント、女子2・5パーセントで、男子の合格率は女子の三倍以上。最終合格者百八十二人中、女子はわずか三十二人であり、全体の二割にも満たない。

過去のデータを掲載されている限り遡っても同様である。

あり得ない――

いつの間にか、本を持つ手にじっとりと汗が滲《にじ》んでいた。

この数字の通りだとすると、統和医大を受験する男子は女子の三倍頭がいいことになる。常識的に考えられない。

なぜ今まで誰も疑問に思わなかったのか。瀬島の言っていた〈暗黙の了解事項〉として関係者が口をつぐんでいたとしても、誰かが気づきそうなものではないか。それとも大学の権威と受験の神聖さ、公正さをひたすらに信頼していたのか。この自分のように。

いずれにしても、ここになんらかの欺瞞《ぎまん》が隠されているのは間違いない。

菊乃は改めてこれを追及することの正当性を確信した。

日邦新聞社会部は、社会部長の下に六人のデスクがいる。警察担当、司法担当、都庁担当、省庁担当、教育担当、遊軍長で、それぞれの下に記者を取りまとめるキャップがいる。

菊乃は司法担当の中でも「P担」と呼ばれる検察官担当であった。P担のPは英語で検察官を意味する“prosecutor”に由来する。

Ｐ担はキャップを入れて全部で五人。年齢が若い順に「一番機」「二番機」と呼称されるのが通例である。新参だが最年長の菊乃はキャップに次ぐチームリーダーの「四番機」として、各機の配置を決めるポジションにあった。

記者の居場所は新聞社ではない。Ｐ担の場合は裁判所である。裁判所合同庁舎二階にある司法記者クラブ内に、在京新聞社、テレビ局計十四社のブースがあり、Ｐ担と裁判〝judge〟担当のＪ担とが常駐している。

記者クラブのドアを開けると、そこはテレビでもよく見かける記者会見室だ。その先に各社のブースが並んでいる。ただし入口は各社ともカーテンだ。菊乃は『日邦新聞』の表札が脇に掲げられたカーテンへと向かう。そこが日邦のブースであった。

カーテンをめくると暖簾《のれん》がかかっており、それを潜《くぐ》って中に入る。六畳ほどの狭い空間に机が四台。固定電話が三台。ファックスが二台。三方の壁にはスクラップブックや六法全書、判例集などが乱雑に積み上げられ、今にも倒壊しそうなさまを呈している。

菊乃は一番奥の机にいたキャップの相模《さがみ》に囁《ささや》いた。

「お茶飲みに行きませんか」

相模は無言で立ち上がった。それは「大事な話がある」ことを意味する符牒《ふちょう》であった。

各社は壁で仕切られているが、天井部が開いているため、話し声は筒抜けとなる。しかも互いに他社の話に聞き耳を立てているから、特に保秘を要する案件については外に出て話さねばならない。

地下一階に下りた二人は、東京高裁喫茶室に入った。店内は空《す》いていたが、誰が聞いているか分からないので可聴領域ぎりぎりの小声で話す。

またも飲む気のないコーヒーを前に、菊乃は瀬島の話について報告した。

記者は基本的に一匹狼であり、誰もが一国一城の主だ。自分が拾ったネタについて他人に話したくはない。だがこのネタだけは別だ。たとえ自分の功績と引き換えにしてでも世間に知らしめねばという思いがあった。

「それで？」

いかにも気のなさそうな態度で相模が促す。彼もまたカップには手を出そうともしない。

「見て下さい」

菊乃は自分のノートを開き、統和医大における男女の合格率をグラフ化した図を指し示す。

「こんなの、誰が見たっておかしいでしょう。絶対にあり得ません」

「それで？」

相模は同じ言葉を繰り返す。

「ですから、このネタを追っていけば――」

「あのさあ、おまえさあ、それ本気で言ってんの」

「本気でって、これは大スクープじゃないですか」

相手の意外な反応に、菊乃はとまどいを覚えた。

相模は四十二歳で、菊乃とは同年配と言ってもいい。ずんぐりとして下腹の突き出た体型で顔が大きく、目の下の隈《くま》がいやに目立つ男だった。

「支局や週刊誌でバリバリやってたって聞いてるけど、おまえ、新聞ナメてない？　ウラが取れてないんじゃどんな大ネタでも載せられるわけねえだろ。記者なら常識じゃないの」

「でも、瀬島さんの証言が……」

「そんなの、いくらあっても意味ねえよ。第一、本人が当事者じゃないって言ってんだろ。しかも単なる伝聞だしさ。百歩譲って、そういう噂《うわさ》があるって話は認めてやるよ。おまえの言う通り、本当なら大スクープだ。でもどうなのよ、現状は。地検が本当にブツを押さえたのか、まずそのウラを取ってきてよ。話はそれから」

一言もなかった。すべて相模の言う通りだ。

どうかしていた。自分ともあろう者が。

「二番機の甲斐田《かいだ》がさ、裏口入学した息子の新ネタ見つけて、今ウラ取りの真っ最中なんだ。おまえもよけいなことしてないで、言われた仕事をちゃんとやってよ。要《かなめ》の四番機なんだからさ」

恥ずかしさで顔すら上げられない。

「焦る気持ちも分かるけど、ここは手堅く行こうよ、オ……」

言いかけた言葉を呑《の》み込んだ相模は、それをごまかすように立ち上がり、

「ま、とにかくがんばって」

菊乃の肩を軽く叩き、相模は店を出ていった。

同意なく身体に触られた。また、彼が言いかけた言葉も分かる――「オバサン」だ。

言いかけてやめたのは、それが今は冗談でも許されない時代であると、かろうじて認識していたからにすぎない。

そんなことには慣れすぎて、抗議する気力も湧いてこない。

そうした我慢がよくなかったのだ、と今にして思う。

支局時代から大勢いた。そういう行為が仲間としての信頼の証《あか》しであり、結束を強めると信じて疑わない男達。女性を男性と同じに扱ったのだから、差別ではあり得ないと本気で主張する男達。

自分は彼らと戦わず、ただ迎合の愛想笑いを浮かべて生きてきた。「もう、しょうがないわねえ」と。

それこそが間違いであったのだ。後輩の女性達のためにも、毅然《きぜん》として声を上げるべきだった。だがあの頃は、それが許される時代ではなかった――菊乃は自らに言いわけする。あの頃そんな声を上げていたら、支局での特ダネも、週刊誌での仕事も、もちろん現在の職もなかった。

しかし今はもう違う。違うのだ。

菊乃はカップを取り上げ、冷めたコーヒーを一息に飲み干す。

『新聞記者の最初の敵は身内である』。支局に配属されたとき、そう教わった。

この敵の横面を張り飛ばし、目を覚まさせてやらねば、先の道は開けない。

統和医大入試における女子受験生一律減点。たまたま拾ったこのネタが、菊乃自身さえ思いもよらなかった活力をもたらしてくれた。

うまくは言えない――ただこれこそが自分の使命に思えたから。少なくともこのネタの追及に、今後医大や医学部を志望する女子学生達の運命が懸かっていることは間違いない。

そして、もう一つ。

菊乃にはどうしてもこの闇を暴いて世間に訴える必要があった。それもできるだけ早く。


「ただいま」

午後十一時を過ぎて、文京区千駄木《せんだぎ》にある自宅マンションにようやく帰り着いた。

労働基準法第38条の3により、新聞記者は業務の性質上、業務遂行の手段や時間配分等を大幅に労働者の裁量に委ねられる。つまり専門業務型の裁量労働制が適用され、労使協定で定めた時間を労働したものとみなすため、月八十時間までの残業が認められている。ありがたくもあり、無慈悲でもある。菊乃はそのことを、新聞に与えられた公器としての義務であると理解していた。

「おかえりなさい」

出迎えたのは娘の麻衣子《まいこ》だ。公立高校二年で、十七歳になる。

「遅くなってごめんなさい」

「なに言ってんの、いつものことじゃない」

スウェット姿の麻衣子が微笑《ほほえ》む。シングルマザーの菊乃にとって、生きる支えとも言える笑顔であった。

「ご飯はちゃんと食べた？」

「うん、ネットで〈ズボラ飯〉のレシピを見つけたんで作ってみた」

「やめてよ、そんな言葉を使うの」

「じゃあ、手抜きご飯」

「それもちょっと……」

「でもおいしかったよ。お母さんこそ晩ご飯は食べたの」

「そう言えば食べてなかった」

声を上げて娘が笑う。

「だと思ってお母さんの分も作っといたから」

「え、ほんと?」

にわかに空腹を覚え、我ながらハイトーンの声を出していた。

「ただし手抜きご飯だけどね」

今度は母娘で声を合わせて笑った。

菊乃は気楽な室内着に着替えてからダイニングキッチンに向かった。2DKの古いマンションだが、キッチンは広めで母娘二人暮らしには充分だ。

娘の作った料理をありがたく頂くことにする。

豚の挽肉《ひきにく》と厚揚げに高菜を加え、甘辛く炒めたもの。簡単に作れるというだけで、手抜きという感じはまったくしない。それにカボチャ、ニンジン、タマネギなど具だくさんの味噌《みそ》汁。付け合わせに作り置きのポテトサラダ。梅干と白菜の漬物。

「おいしい！　麻衣子の手料理、お母さんのよりおいしいわ」

「当たり前でしょ、小さい頃から作ってるんだから」

なにげない一言に胸を刺される。

自分はこの子に、どれだけ寂しい思いをさせてきたことか――

「このおかず、手間がかかってそうに見えて簡単に作れるのがポイントなの。栄養もたっぷりだしね。何より材料費も安く済むし」

こちらの心中をいち早く察したのか、麻衣子は明るい声で言い添えた。

娘にここまで気を遣わせてしまうなんて――

つくづく自分が情けない。

また同時に、麻衣子の聡明《そうめい》さと鋭さは、我が娘ながら誇らしくもある。

「じゃ、あたし勉強があるから」

自室に引き揚げようとする麻衣子に、

「先にお風呂入ったら？　後片付けはお母さんがやっとくから」

「ううん、今入ったら眠くなっちゃうから。あたし、医究《いきゅう》ゼミの宿題は今夜中にやっときたいの」

『医究ゼミ』とは医学部専門の予備校で、麻衣子はその現役クラスに通っている。

「大丈夫？　あんた、最近無理しすぎなんじゃないの」

「そんなことないって。お母さん、いつも心配しすぎ」

「でも、昨夜《ゆうべ》だって、寝たの何時だと思ってるの」

「大丈夫だって。無理するくらいでないと医学部なんて行けないから」

娘の姿がドアの向こうに消える。

食欲は今やすっかり失《う》せていた。

こんなときこそ食べなければ――

菊乃は機械的に箸を動かす。せっかくの娘の手料理なのに、味は儚《はかな》く変化していた。

麻衣子は医者になるのが小さい頃からの夢で、医学部を目指して受験勉強に余念がない。実際に学校でもトップクラスの成績を保っている。出来がいいのは親としてこの上なく嬉しいが、その反面、自らを追いつめているのではないかと不安にもなってくる。

言えない、どうしても――

ただでさえ感受性が鋭敏で動揺しやすい年頃の麻衣子に、医大入試で女子一律減点の疑いがあるなど、絶対に告げるわけにはいかなかった。少なくとも今はまだ。

麻衣子の存在こそが、菊乃がスクープを焦るもう一つの、いや、最大の理由であった。

2

新宿方面行き丸ノ内線が赤坂見附《あかさかみつけ》駅に到着し、ドアが開く。大勢が一斉に降車し、車内の乗客は大幅に減った。

菊乃はシートの端に座っていた男に近づき、さりげなく腰を下ろす。男は横目でこちらを見たが何も言わない。少し前からこちらの存在に気づいていたにもかかわらず。

「日邦の檜葉です」

相手はやはり無言である。

「統和医大から押収したブツの中に、女子受験生入試差別の証拠書類があったと聞きました」

「へえ、そうなの」

男――東京地検次席検事の武居《たけい》は前を向いたまますっけなく応じる。

「僕は聞いてないけどなあ」

「証言者がいるんです」

「あ、そう。じゃあその人に訊けば？」

「お願いします、このネタだけはどうしても」

「そんなの、僕に関係ないから」

四ツ谷《よつや》駅に着いた。立ち上がった武居は挨拶もせず降りた。

菊乃はシートに座ったまままため息をつく。

検事が押収したブツの詳細を教えてくれることなど100パーセントないと言えるが、それでも当たり続けるのがP担の仕事なのだ。

情報とは必ず〈染み出てくる〉ものである――P担という人種はそう信じて疑わない。だからこそ連日の過酷な取材にも耐えられる。染み出てこないものは「情報」ではない。「機密」である。

新宿駅で山手線に乗り換えた菊乃は恵比寿《えびす》に向かった。高級マンションを囲む植込みの中で、正面出入口を監視する。

一時間ばかり張り込んでいる間に数台のハイヤーやタクシーが停《と》まって客が降りてくる。そのつど身を乗り出して確認するがいずれも目的の人物と違っていた。

そろそろ引き揚げようかと思い始めた頃、目的の人物を乗せたタクシーが停まった。早足で出入口に向かう男に急ぎ駆け寄る。

「お疲れさまです。日邦の檜葉です」

だが地検特捜部長の日高《ひだか》は振り向くどころか足を止めようともしない。

「統和医大から押収したブツについてお尋ねします。女子受験生への一律減点が行なわれていたというのは本当でしょうか」

「ダメダメ、ガサについては何も言わないのがルール。それくらい知ってるでしょ」

「もちろんです、しかしこの件は裏口入学とは筋が違うんで」

日高がオートロックのパネルにキーをかざす。厚いガラスのドアがモーター音を発して左右に開いた。

「お願いします、少しだけでも――」

追いすがる菊乃の鼻先でドアは無情に閉ざされた。日高の後ろ姿がマンション内に消えていく。

結果は最初から分かっていた。それを確認できただけでもよしとしよう。落胆はない。今度こそ菊乃は自宅への帰途に就いた。

翌朝、登校する麻衣子を見送ってから、菊乃はダイニングテーブルを前にして統和医大の広報に電話した。統和医大の受付時間が午前八時三十分からであることは確認してある。

「日邦新聞社会部の檜葉と申します。お忙しいところ申しわけありません」

すでに報道されている裏口入学に関して通り一遍の話を聞いた後で、さりげなく切り出してみる。

「……そう言えば、他社が変なこと言ってましてね、なんでも女子学生の点数がどうとか……そんなこと、訊かれませんでしたか」

他社の情報としてカマをかける、あるいは婉曲《えんきょく》に尋ねる。いずれもこういう場合に記者が使う手の一つだ。

〈さあ、そんな話、聞いたこともありませんけど。一体どこがそんなこと言ってるんですか〉

優秀な広報担当者ほど、危機管理の観点からマスコミの関心がどこに向かっているのか、情報を集約しようとするものである。この担当者はそこそこできる方だと菊乃は見た。

「いやあ、私もまさかと思って聞き流してたんで……じゃあ、まるっきりガセなんですね」

〈当たり前でしょう。そういうデタラメを広められたりすれば大学の信用に関わる問題です。責任者に報告して抗議するかどうか検討したいと存じますので、どこの社なのか、はっきりと教えて下さい〉

曖昧にごまかそうとしたら、否定しつつ噂の出所を追及してきた。感触としてはほとんどクロに近い。

「ひどいですよね、そんなデマを無責任に。私からよく言っときます。どうもありがとうございました」

一息に告げて電話を切る。心証は得られたが、確証にはほど遠い。

スマホをバッグにしまい、手早く身支度を済ませて出勤する。

記者クラブの日邦ブースに入ると、珍しくP担全員が揃っていた。

一番機の西森《にしもり》。二番機の甲斐田。三番機の和藤《わとう》。キャップの相模もいる。どういうわけか嫌な空気が淀んでいた。

会議か打ち合わせの予定でもあったっけ――

頭の中のメモを必死に繰っていると、相模が例によって可聴範囲ぎりぎりの声で話しかけてきた。

「おまえさあ、昨日何やってたの」

「何って、仕事に決まってるじゃないですか。裏口入学のネタ集め」

「それだけじゃないだろ。地検のPに別件を当たってんだろ」

記者は常に検察官の周辺にいる。他社、もしくは自社の誰に見られていたとしても不思議はない。

「ええ。だって例の件、ウラ取ってこいって言ったの、キャップじゃないですか」

「そうだったな。で、ウラは取れたの」

「まだですが、感アリです。もう少し押してみれば必ず――」

そこへ和藤が口を挟んできた。不健康に痩せた男で、頭頂部はかなり薄くなっている。

「必ずなんだって言うんだ。オレらは全力でバカ息子の裏口入学を追ってるってのに、司令塔のあんたはスタンドプレーの特ダネ狙いか。甲斐田はあと一息で他紙を抜けるとこだったんだ。オレらはみんなでそれを応援してたんだよ。一番機の西森なんか、二日も徹夜で駆け回ってさ」

二十代後半だという若い西森が照れたように下を向く。最年少であるため一番機だが、P担としては菊乃の先輩である。

「なのに四番機のあんたは平気で別のことやってんだって？　おかげで甲斐田は――」

「もういいって、和藤さん。みんなのフォローには感謝ですけど、結局は自分の力不足だったんです」

当の甲斐田が和藤をなだめる。P担の中でも比較的温厚な人物で、年齢は三十代の半ばと聞いた。長身に似合う黒シャツを愛用していて、記者にしては珍しくお洒落《しゃれ》な方だ。あくまでも「記者にしては」だが。

「すんませんした。自分のせいで」

甲斐田が重ねて詫《わ》びる。しかし和藤は収まらない様子だった。

「部長じきじきの抜擢だっていうから、どんな凄《すご》い人かなあって期待してたんだよ、オレら。なのにこれはちょっとないんじゃない？」

こいつの本音はこれか――

ようやく腑《ふ》に落ちた。かなり言葉を選んで持って回った言い方をしているが、要するに和藤は社会部長のお声掛かりで社会部に来た自分が妬ましくてならないのだ。しかも四十二歳の彼は、自分より一つ下であり、相模と同年である。つまり、キャップの地位は相模に先を越された上、三番機として自分の下に就かねばならない。

女の下に立つのがそんなに嫌か――

特に驚きはしない。こういうタイプの人間にはこれまで数多く出会ってきた。

「だからさあ、さすがは社会部長のお眼鏡に適《かな》った人だって、オレらを納得させてほしいわけ。勘違いしないでよ、オレらはそれだけあんたに期待してんだからさ」

勘違いのしようもない。「自分は相手が女だから言っているわけではない」「社会部長に取り入った女を差別しているわけではない」と強調し、自らの防波堤としているだけなのだ。

昨今は少しでもポリコレに反する言葉を口にしたら後が恐い。下手《へた》をしたら社会的生命を絶たれかねない。和藤はそれを恐れて本音を口にできずにいる。さぞかし歯がゆく、息苦しい思いをしていることだろう。

また和藤のような人間がダイレクトな差別的言辞を口にしないからといって、女性が被差別感情を持たなくなるかというとそんなことは決してない。むしろ差別がより陰湿で奇怪な姿に変貌を遂げただけのように思える。そしてそれは、男性にとっても、女性にとっても、好ましい影響をもたらすはずがない。

「大体さ、女子一律減点なんて、常識的に考えてまともな学校がやるとは思えないんだけどね。やっぱりガセネタつかまされたんじゃないの。ナメられたんだよ、相手の男に」

喋《しやべ》っているうちに和藤は興奮してきたようだった。

「そもそもあんたが支局で特ダネ取ったのって、一体何年前なんだよ。その頃は若くてかわいかったかもしれないけどさ――」

「もうその辺にしとけよ、和藤ちゃん」

勢いあまって口を滑らせた和藤を、相模がすばやく遮った。

女性に対し「若いから・かわいいから・優遇される・得をしている」と告げるのは、社内基準でも最悪ではないにしろ、現在は「かなり不適切」な部類とされる。これに反すると、コンプライアンス的にまずいことにもなりかねない。

「あっ、すいません。つい熱が入って」

さすがに和藤も気づいて言葉を濁す。

いずれにしても、菊乃はそんなことなど気にもならない。今はもっと喫緊の案件があるのだ。

和藤をかばおうとでもいうのだろうか、相模は菊乃に向き直り、

「さっき感アリって言ってたな。なんだ」

「統和医大の広報に電話しました。カマをかけた途端、しつこく追及してきました」

「なるほど」

相模はほんの束《つか》の間《ま》考え込んだ。

「その件はもうちょっとだけ追ってみろ。ただし裏口の方の取材もちゃんとやった上でな。それと、四番機としての指揮権はしばらく俺が預かる。その方があんたも動きやすいだろ。もっともこっちに何か動きがあったら遠慮なく呼び出すからな」

取引だろうと菊乃は理解した。好きにやらせる代わりに、和藤の失言は忘れろということだ。ついでに抜かりなく四番機としての発言力も封じている。

「了解です。電話、行ってきます」

そう言い残してブースを出る。あんな空気の中に長居は無用だ。ぐずぐずしているとまた何を言われるか知れたものではない。それでなくても話し声が筒抜けの狭いブースだ。電話をかけるにも外に出た方がいいに決まっているし、実際問題として、記者は皆そうしている。

裁判所合同庁舎を後にした菊乃は、裁判所前歩道橋を渡って祝田《いわいだ》通りを横切り、日比谷《ひびや》公園に入った。

打ち合わせや電話のため日比谷公園、ことに噴水広場周辺を使用しているP担記者は極めて多い。ただし冬は寒くてスマホを持つ手がかじかみ、夏は蚊の標的となって片手で身体を掻《か》きながらの通話となる。また野音《やおん》でロックコンサートがあったりすると、爆音で通話が聞き取れなくなったりもする。いろいろと不便はあるが、それでもP担はここを利用するしかない。

遊歩道に沿って歩いた菊乃は、周囲に知った顔や明らかに報道関係者らしい人間がいないことを確認してからベンチに陣取った。それから私物のスマホであちこちに電話する。電話料金は会社が半額のみ支給してくれることになっている。

かける相手は「片っ端から」としか言いようがない。裏口入学の件で当たった相手、紹介された人物、名前の出た者。その全員だ。裏口入学の取材のために作成したリストが役に立った。理事会、教授会、事務局メンバーの名簿はすでに揃っている。ただし現役の理事は除外する。これまで電話した限りでは、全員が一切の取材を拒否していた。

まず統和医大関係者に電話し、裏口入学事件の取材を口実に学内の人間関係を探る。目的は誰が主流派で、誰が非主流派であるかを把握すること。どんな組織であろうと、それを構成するのが人間である限り、必ず派閥は存在する。現体制に不満を抱いている勢力や派閥に属している者なら、真実を話してくれる可能性がある。

話しながら、膝の上に広げたノートに適宜メモを書き込んでいく。どんなことでもいい。貪欲に糸口を求め続ける。

次に、現役ではない元理事や関係者、有力ＯＢなどに電話する。

出身大学に激震が走るような重大事件が突発したとき、現執行部でなくても有力なＯＢは事件の情報収集に奔走するものだ。自らの派閥への影響を最小限に食い止めるためである。それゆえ学外にいても情報を持っている可能性は高い。

知らないと言われても、知っていそうな人物を紹介してくれるよう食い下がる。そうやって人のつながりを少しずつでも辿《たど》っていく。

いずれの場合も、細心の注意が必要となる。うっかり主流派に当たってしまったら面倒なことになるからだ。中には主流派でありながら反主流派のふりをして、こちらの動きを探ろうとする者もいるだろう。裏口入学ではなく女子一律減点について調べていると知られたら、取材の難易度は急激に跳ね上がるどころか、最悪取材不可能という事態にもなりかねない。

今の段階では、あくまで主流派と非主流派の見極めにとどめること。そのための電話なのだ。

一時間ばかりもかけ続けると、バッテリーが切れかかってきた。モバイルバッテリーを接続し、さらに一時間電話を続ける。

さすがに疲れを覚え、日比谷公園を出て近くのビルの地下にある食堂街に入る。手頃そうな定食屋が目に入った。店を選んでいる精神的余裕はない。そのまま入店し、生姜《しようが》焼き定食を注文する。

ノートを取り出し、走り書きのメモを整理する。大した収穫はなかったが、何人かを紹介してもらえたし、また何人かとは面談のアポが取れたので、まずは有益であったと言える。

注文した生姜焼きが来た。うっかり大盛りを注文したのかと記憶を検《あらた》めてしまったほど量が多かった。しかし二時間に及ぶ電話で体力を使い果たしていたため、これくらいでちょうどいいかもしれないと、ためらわずに箸を付ける。幸い味はまあまあだった。

食べながら次の手を考える。

何をすればいいのか。どう動けばいいのか。誰に会えばいいのか。

常に最適解を考え続ける。その習慣が重要だ。

薄いのか濃いのかよく分からない味の味噌汁を啜《すす》りながらノートを読み返していたとき、ある記述が目に留まった。

それは瀬島との面談の直後、自ら箇条書きに整理した項目の三に当たる部分だった。

［三、これは関係者の間では暗黙の了解事項と化しており、瀬島氏の推測では、他の私立医大でも同様の措置が採られているのではないかという］

これが本当だとすると、統和医大関係者だけでなく、もっと広範囲に取材対象を広げてもいいのではないか。

実際に入試に携わっている関係者でなくても、噂を耳にした人はまだまだいると考えるべきだろう。

女子一律減点について現役の医師達は知っているのか。医学部の教授達は。また数ある医学部専門の塾や予備校など教育機関の担当者は。そして入学試験に合格し現在医大に通っている学生達は。

それらを知ることは、瀬島の話を検証する上でも有効だと考えた。

菊乃は何人かの医師を思い浮かべる。男性医師、女性医師、その両方に話を聞いてみたい。学生に当たるのは時期尚早か。彼ら彼女らに要らぬ動揺や猜疑《さいぎ》心を与えたくはなかった。

とりあえずは医師に当たろう。だが何科であろうと、自分と麻衣子が普段診てもらっているかかりつけの医師は避けたい。自分の仕事が新聞記者であることを知っているから、取材を申し込みやすいというメリットはあるのだが、デメリットもまた大きい。きっと答えたくないこともあるはずだし、それを訊いてしまったがゆえに気まずくなって、今後診察してもらいに行けなくなるのは日常生活を送る上で大いに困る。

取材するなら、やはりプライベートとは無関係な医者がいい。

あれこれと考えを巡らせているうちに、気がつくと大盛りに近い生姜焼き定食を完食していた。

勘定を済ませた菊乃は、地上に出てからスマホで電話をかける。相手は本社の健康保険組合。組合員であり社会部の記者であることを明らかにし、取材の必要があることを伝えてから、提携している病院やクリニックへの紹介を依頼する。

本来の仕事——裏口入学の方だ——の取材のため移動しながら返信を待つ。

約三時間後、健康保険組合からファイルが送信されてきた。取材に応じてくれそうな医療機関の連絡先がいくつか記されている。後は直接交渉してほしいとのことだった。

その場から次々と電話する。スケジュール表を作成しながら交渉した。この段階ですでに取材という名の戦いは始まっていると言っていい。相手が統和医大と利害関係にないことを確認しなければならないからだ。

その結果、何人かの医師が取材に応じてくれることになった。いずれも都内で、病院に勤務する医師もいれば、個人でクリニックを経営している医師もいた。一日の仕事としてはまずまずというところか。


最初は豊島区にある検診センターに勤務する眼科の女性医師だった。

約束の日時に、指定されたホテルのラウンジに向かう。先方の住居に近く、お気に入りの場所であるということだった。

「日邦新聞社会部の檜葉と申します。ご多忙の中、ご協力頂き感謝します。本日はよろしくお願いします」

名刺を渡して挨拶すると、山口《やまぐち》という医師は微笑みながら挨拶を返してくれた。

「いえいえ、今日はオフですから。私なんかでお役に立てればいいんですけど」

菊乃とは比べものにならないほど垢抜《あかぬ》けた服装をした三十六歳。既婚で子供が二人。配偶者も医師で、大学病院に勤務しているという。

明るく感じのいい女性だった。菊乃はほっとしながらも、どういうわけか違和感めいたものを抱いた。ホテルのラウンジというロケーションで、山口があまりに〈映《ば》え〉ていたせいかもしれない。

ノートを取り出し、質問にかかる。

「統和医大に限らず、医科大学や医学部の入試で、女子受験生を一律に減点しているという噂があるのをご存じでしょうか」

すると山口は意外そうに目を見開き、

「あの、これ、例の裏口入学の取材じゃなかったんですか」

「実はそうなんです」

菊乃は率直に詫びる。

「なにぶん事が事だけに、あらかじめ表立ってお話しできませんでした。その点は幾重にもお詫びします。それに、この取材自体もできれば内密に……」

「そうでしたか」

山口はすぐに察してくれたようだった。

「分かります。こんな話が広まったら医学部志望の女子には影響が大きすぎますもんね」

「ご理解に感謝します」

「ええと、お尋ねの件に関しては、聞いたことがあります……て言うか、事実です」

そう断言してから、山口は慌てて訂正した。

「あ、統和医大がどうかは知りません。でも、それをやっている医大は多いはずですよ」

こちらが拍子抜けするほどあっさりと認めた。しかも、「やっている医大は多い」とまで言う。

「先生がそれをお知りになったのはいつですか」

「医学生になってからです。受験生の頃には知りませんでした……あの、この取材は秘密なんですよね？」

「どうかご心配なく。情報源については絶対に明かさないのが私どもの鉄則ですから」

大仰なくらい力強く伝えると、山口は安心したように続けた。

「受験生の頃には、特に女子がって噂は聞きませんでしたけど、二浪とか三浪とか、いわゆる多浪生は面接で点数を低く調節されてるんじゃないかっていう話は聞きました」

驚愕しつつ、菊乃はノートに鉛筆を走らせる――「女子だけでなく、多浪生も減点されている可能性」。

「現在ではそれが事実であったと確信なさっているわけですね」

「はい」

「それはどういう根拠で」

「根拠と申しますか、みんな普通に知ってることなんで……ただ、大っぴらにはしないっていう暗黙のルールがあるように感じてたんだと思います」

反射的に確認せずにはいられなかった。

「え、これって、不正ですよね？」

「いいえ、学生募集要項に明示されていれば問題ないはずです」

「失礼しました。でも統和医大の場合は書かれていませんでしたし、私の調べた限り、明記されているところはほぼなかったと思います」

「おっしゃる通り……なんでしょうね」

「でも先生は誰にも言わなかったわけですよね」

「だって、証拠とか、そういうのがあるわけじゃありませんから」

女子受験生を慮《おもんぱか》りながら、同時に証拠がないから声を上げなかったと言う。菊乃は少なからず混乱した。

「では、先生はこのこと、つまり女子一律減点についてどのようにお考えなのでしょうか」

「やむを得ないことだと思います」

予想していたものと正反対の答えであった。

やむを得ない？　同じ女性でありながら？

「そう思われるのは、どういう理由からでしょうか」

「一番大きいのは、女性には出産、育児という避けられないオペレーションと申しますか、ライフイベントがあり、どうしても職場を離れざるを得ないということです」

あなただって分かるでしょう、という目で山口がこちらを見る。

菊乃は首肯せざるを得ない。自分も麻衣子を産み育てるために、支局とは言え社会部でのキャリアを放棄するしかなかった。ある意味、山口の話が誰よりも切実に理解できると言える。

しかし――

「しかし、医師というお仕事は、人の命が懸かっているだけに、他の仕事と同様に語れないと思うのですが」

「まさにそこなんです」

山口はタレントのような笑顔で頷《うなず》いた。

「人命が懸かっているからこそ、途中での離脱が認められない。医療現場はそれくらい大変なので、産休や育休が予想される女性は採りたくないっていうのが本音なんです。私は眼科ですので、命に関わるようなケースはほとんどありませんから、楽と申しましたらなんですけど、他の科に比べると働きやすい環境だったのは確かです」

「これはお訊きしにくい質問なので恐縮なんですが、医療というお仕事の中で女性に対する差別やセクハラに遭遇したご経験は」

「セクハラならそれはもう山のようにありますよ。セクハラだけじゃなく、パワハラ、モラハラ、アカハラと、一通り体験しました。あ、アカハラってご存じですか」

「はい。アカデミックハラスメントですよね」

「そうです。そんな体験、話し出したらとてもじゃないけど一晩じゃ終わりませんね」

その点は大いに共感できた。

「差別に関しては、これまで私が勤めてきた医局や病院では女性が多かったせいか、特に感じませんでしたね。産休も取りやすかったですし、子供ができたら地域の医療機関でより働きやすい環境に移れるといった優遇措置もありました。男性医師にはそういった優遇がないので、むしろ得だったとも言えます。やっぱり、他の科に比べると恵まれてるんでしょうね。でも、体力的にも精神的にも厳しい科を進んで志望する女性もいて、やりがいって言うんでしょうか、そういう先生方は皆さん強い理想や使命感みたいなものを持ってらっしゃいますから、とっても生き生きしてて、うらやましいなって思うこともありますね」

山口医師はどこまでも明るく前向きに語った。

一通りの質問を終え、菊乃は丁重に礼を述べて彼女と別れた。


次の約束は江東区にある病院に勤務する外科医の志村《しむら》。彼の出してきた条件は、勤務先である病院での休憩時間なら、ということであった。それだけ多忙なのだろう。菊乃は当然その条件を受諾した。

「まあ、適当に座って下さい」

殺風景な医局には、机が八台並べられており、そのいずれもが空席となっていた。

白衣の志村は自席らしい机に、コンビニのレジ袋から取り出したおにぎりとペットボトルの緑茶を広げる。机の前の棚には、数多くのファイルや医学書が雑然と並んでいた。ラップトップ型のパソコンもある。

「ここが当院における僕の書斎兼食堂兼休憩所というわけです。そうだ、寝室でもありました」

「寝室、ですか」

「ここで椅子に座って仮眠を取ったりしますからね。僕は来年で三十八ですけど、さすがにもう身体がキツいですよ」

よほど忙しいのだろう。菊乃はある意味感心しつつ志村の隣の席に座った。

医療法人が経営するこの病院は、地域でも信頼度が高く、大勢の住民が訪れるという。空いている席の主は、いずれも診療の真っ最中であると思われた。

「人手が全然足りてないってこともあって、この病院のシフトはかなり変則的でしてね、食事しながらで失礼します」

志村はおにぎりを頬張りながら言う。

「ええ、どうぞご遠慮なく」

「それと、急に呼び出されたりもしますんで、その場合は取材もそこまでということで」

「承知しております」

「じゃあ、なんでも訊いて下さい」

菊乃はこれが女子一律減点についての取材であることを明かし、早速質問に移った。

そのことについて知っていたかという問いに対し、志村は平然と言った。

「噂ではね。学生の頃から耳にしてました。でも本当かどうかは今でも知りません。関わりたくないと言った方がいいでしょう。別に知りたくもないし」

「それは少し無責任なんじゃないでしょうか」

うっかり責めるような言い方になってしまった。すると志村は不思議そうに訊き返してきた。

「どうしてですか」

「どうしてって……医学部の入試が不公平に行なわれていて、本来なら合格していたかもしれない優秀な女子学生が落とされている可能性があるわけじゃないですか」

「可能性はありますね」

「だったら、それは医学界にとって大きな損失なのでは」

「そうかもしれませんね」

「じゃあ、どうして知りたくないなんて言えるんですか」

「知ったからといって、どうにもならんからですよ。もっと言うと、僕らには関係ない」

「関係ないって……」

菊乃は絶句してしまった。こんなことを大っぴらに言い放つ医者がいようとは想像もしていなかった。

「医者のくせになんてこと言うんだって顔してますね」

「えっ……」

見事に言い当てられてしまった。

「檜葉さんでしたか、僕がなんで取材に応じる気になったと思います?」

今度は予測すらしていなかった質問が飛んできた。

「それはね、医療現場の実態を少しでも知ってもらいたいと思ったからです。僕らは不眠不休でやってます。僕が外科だからってこともありますけど、体力的にはもう限界に近いです。正直言って、現場が欲しいのは体力のある男子なんです。戦力になる男です。医学界の発展より、目の前の病人や怪我人をなんとかして助けたいんです、僕らは」

確か四つはあったはずのおにぎりをすべて平らげた志村は、ペットボトルの緑茶を一口呷《あお》り、

「新人の医師を一人前にするのにどれだけの時間がかかることか。なのに、いろいろ教えてやっと使えるようになったかなと思ったら、結婚だ、出産だ、育休だって、正直迷惑なだけなんですよ。怒りすら覚えることだって普通にあります。そんな実態を知っているから、大学としては男子を優先的に採りたいんでしょう。分かりすぎるくらい分かります。どんどんやってくれとさえ思いますよ」

「そんなこと……」

たまらず反論しようとした。抗議しようとした。だが言葉が出てこない。反論するに足る論拠を自分は持ち合わせていなかった。

志村は極めて冷静な口調で続けた。

「おっしゃりたいことは分かります。これは差別です。だからみんな口にできない。僕だってしませんよ、こういう機会でもなければね。もちろん差別はいけないって分かってます。分かっていながらどうしようもない。そういうことです」

そのときノックの音がして、女性看護師が緊迫した顔を出した。

「志村先生、清田《きよた》さんの容態が――」

早口の上、専門用語が続いて菊乃にはよく聞き取れなかった。

すかさず立ち上がった志村は菊乃に向かい、

「これで失礼します。では」

そう言い残し、看護師とともに小走りに医局を出ていった。

一人残された菊乃は、誰のものとも知れぬ机の前から、しばらく立ち上がることすらできなかった。

三番目に会ったのは、中野区で内科の個人クリニックを経営する五十二歳の女性医師だった。名前は吉澤《よしざわ》。独身だという。年相応に太り肉《じし》で、取材前のリップサービスであっても愛想がいいとは言い難い。

クリニックの診療時間が終わってから、診察室で話を聞いた。

「ああ、女子が受験で差別されてるって話ね。知ってますよ。本当だろうと思います。私の同期で大学病院に勤務している人達が言ってるのを何度か聞きましたから。だけどねえ、分かるのよ、やっぱり。現場としては即戦力になる人材が欲しいわけだから。近頃の女の子が、どうしてあんなに苦労してまで医学部に入りたがると思う？　それはね、医者と結婚したいからなの。それが日本に残された数少ない既得権益層に食い込む手っ取り早い手段だから」

身も蓋もないことを言う。菊乃は志村のとき以上に唖然《あぜん》とした。

「女の出産適齢期っていうか、要するにモテる期間は短いわけよ。はっきり言うと二十代限定。その間に相手を見つけなきゃならない。本来なら医師としてのスキルを身につけたり、研究に打ち込んだりすべき大事な時期とまるっきり被《かぶ》ってるの。でも優先すべきは婚活で、研究どころか時間外労働もやりたくない。だから彼女達は定時で帰れて、休みも取りやすい眼科や皮膚科、精神科とかに集中するわけ。かつては花形だった外科や内科の志望者は減る一方。しかも都市部での勤務一択で、医師不足の地方に行くなんて論外だし。そりゃ大学だって女子を敬遠したくもなるわ」

ひどい言いようだが、菊乃は内心、腑に落ちるものを感じてもいた。

つまり、最初に会った山口医師に対する違和感だ。

彼女の放っていた〈人生の成功者〉とでも言うべきオーラは、菊乃のイメージする医者のそれとは明らかに違っていた。吉澤医師の挙げた例にもあった通り、彼女はまさに眼科であり、医師の夫と子供がいた。

山口医師が自身の豊かな人生設計だけを目的として医者になったとは断定できないし、仮にそうであったとしても、彼女を責めるわけにはいかないと思った。医師として務めを果たしながら、自らの家庭を守って生活しているのだから。

あくまでも人間でしかない医師に、崇高な使命感といったものを求めるのはこちら側の一方的なエゴなのかもしれない――

「では、先生は女子一律減点は容認されるべきとのお考えなのでしょうか」

落ち込みつつも、菊乃は気力を奮い起こし確認するつもりで尋ねた。

「冗談じゃないわ」

吉澤医師は一転して憤然と言った。

「女子がどんな動機から受験しようが、そのことと差別とは別でしょう。中には人の役に立ちたいから医師を目指している女子学生だっているはずよ。そんな子まで一律に排除する？　どう考えたらそんなひどい思想を擁護できるの」

そうだ、麻衣子は――あの子は昔からずっと人の役に立ちたいと言っていた――

「たとえ虚栄心から医学部を志望したとしても、それが人間の自由というものじゃない。生半可な勉強でなれるものじゃないはずよ、医者なんて。正々堂々試験を受けて合格したなら、誰であろうと胸を張ったっていいじゃない。なのに女だからって、最初からこっそり減点する。そんなの、許されるはずがない。地方に行きたがらない女性医師が多いなら、制度の方を変えるよう関係各所に働きかけるべきでしょう。女性が地方に行くことのデメリットをなくし、医師としてのやりがいを実感できるように。それをやらないで、女は採りたくないってどういうこと？　子供のわがまま？　上に立つ者が無能なだけ。いつまでもみんなが見て見ぬふりをしているから、女性差別がなくならないの。そうは思いませんか、檜葉さん」

「思います」

必要以上に大きく頷いていた。

吉澤は初めて笑顔らしい表情を見せ、次いで厳粛な口調で言った。

「私からもお願いします。どうか入試の不正を暴いて下さい。医学を志すすべての女子学生に、絶望ではなく、希望を与えてあげて下さい」

菊乃に向かい、深々と頭を下げる。

その真摯《しんし》な願い、差別に対する深い怒りは、菊乃の胸を静かに打った。

3

日比谷公園内にある老舗レストラン『松本楼《まつもとろう》』。記者クラブから歩いて五分ほどのこの店は、帝国ホテル一階の『ランデブーラウンジ・バー』と並んで、P担記者が打ち合わせによく使う店である。

相模以下日邦新聞社会部P担の面々に対し、菊乃はこれまでの取材の成果を報告した。他社も使っている店なので、もちろん囁きよりも小さい声での会話である。

菊乃はその後も数人の医師と会い、話を聞いた。その結果、ほとんどの医師が「女子学生への入試差別について知っていた」と答えたのである。しかもそれは、「統和医大に限った話ではない」とまで言っていた。さらに驚くべきことには、「男子への加点や女子一律減点はやむを得ないことと考えている」医師が少なからずいた。

もっとも、口を閉ざして何も答えようとしなかった医師がいたことも事実である。

また菊乃は、各私立医科大学入試合格者の男女比も可能な限り調べ上げた。どの大学も、男子の合格率が圧倒的に女子を上回っている。

菊乃はそうした結果を簡単な文書にまとめ、あらかじめ全員に配布してから説明した。

「マジかよ……」

文書を見つめながら、和藤が愕然《がくぜん》としたように言う。

「こいつは完全にアウトじゃないか。とんでもない特ダネだ」

「もう裏口入学どころじゃありませんね」

西森も口を揃える。だが二番機の甲斐田は慎重な面持ちで、

「デカいのは、入試で女子差別をやってたのが統和医大だけじゃないってことですね。私立以外に、国公立の医大や医学部はどうなのかってのも気になるし。だけど全部の医大を当たるとなると、俺達だけじゃとても手が足りませんよ」

彼の意見に対し、菊乃は意識してさらに声を低め、

「甲斐田さんの言う通りです。現状、全部はとても無理でしょう。だから統和医大に絞って取材を進めたいと思うんです。ここを突破口にして入試の不正を報道することができれば、必ず全国

の――」

「待て檜葉」

それまで黙っていた相模が口を開いた。

「話は分かった。統和医大を突破口にするってのもアリだ。しかし掲載は無理だ」

全員が相模を見る。真っ先に反論したのは甲斐田であった。

「どうしてですか、キャップ。統和医大を調べてるのはウチだけじゃない。他紙が女子一律減点に気づくのは時間の問題だ。特ダネをみすみす他紙に渡すんですか」

菊乃はわずかに身を乗り出して、

「検察は不正の証拠を押さえてるんですよ。なのにどうして」

「そこなんだよ」

この上なく苦い顔で相模が言う。

「唯一と思える物的証拠は検察が持ってっちまった。検察がそれを認めない限り、俺達はどうすることもできない」

「じゃあ逆に、検察が認めてくれさえすればいいわけですよね」

菊乃の念押しに対し、相模は微《かす》かに頷いて、

「そうなりゃ俺が必ずデスクに上げる。その上で掲載するよう頼んでみる」

「本当ですか」

「ああ、本当だ。俺だってP担だ。しかもキャップまで任されて、これほどのネタを逃したなん

てことになったりしたら、死んでも死にきれねえ」

その言葉に、和藤、甲斐田、西森が無言で頷く。たとえ心の奥底に女性への蔑視があったとしても、彼らは「記者」だ。それは決意の表明でもあり、また来たるべき失意に対する心の備えであると菊乃は見た。

検察が押収物について記者に語ることなど、あり得ないと言っていいからだ。


丸ノ内線の車内で、菊乃は赤坂見附の手前から武居次席検事の隣に座った。

「しつこいね、あんたも」

常と同じく前を向いたまま武居が呟《つぶや》く。

「このところ毎日じゃない。迷惑なんだけど」

「見て下さい、これ」

菊乃は相模達に見せたのと同じ自作の文書をバッグから取り出す。

「大勢の医師が、入試での女子一律減点を知っていると答えてます。外堀は埋まってるんですよ」

「外堀ってねえ、あんたは警察官にでもなったつもりなの」

文書を見ようともせず、シートの端に座った武居は薄笑いを浮かべる。

「お願いです。こうしている間にも、日本中で女の子ががんばっています。何も知らずに、医師になることを夢見て勉強してるんです」

武居は何も答えない。

「司法試験だって、簡単に合格できるものじゃないでしょう。でもみんな一生懸命合格を目指します。その試験が、最初から差別ありきの不公平なものだとしたら、あなたはどうお思いになりますか」

地下鉄が四ツ谷駅のホームに入る。武居は無言のまま立ち上がった。そしてすぐ横のドアの前に立つ。

今日も駄目だったか――

菊乃は徒労感を持て余しつつ動かない。

車輛が停止し、ドアが開いた。武居がホームに向かって足を踏み出す。

その瞬間だった。

「オウンリスクで」

武居が独り言のように呟いた。

驚いて立ち上がった菊乃は反射的に後を追おうとしたが、武居の姿はすでに雑踏の中に消えていた。

菊乃の目の前でドアが閉まる。地下鉄が再び動き出した。

――オウンリスクで。

武居は確かにそう言った。検事が記者に対してその言葉を使う場合、否定の意味と、暗黙の了解を示す意味とに分けられる。どちらであるのか、その意味を判断するのが記者のセンスでもある。

希望的観測が先走って、自分に都合のいいように解釈してしまうと、取り返しのつかない誤報となってしまう。そうかと言って悲観的になりすぎると、せっかくのチャンスを自らふいにすることとなる。

どっちだ、どっちなんだ――

丸ノ内線の車内で、菊乃は懸命に先ほどの会話を反芻《はんすう》する。何度も何度も繰り返し頭の中で再生し検討する。武居の呼吸も、発声の調子も、視線の動きも、顔色の変化も、身体のわずかな揺れも、何もかもすべて思い出そうとする。

新宿を通り過ぎて荻窪《おぎくぼ》駅に着いた頃、菊乃はようやく結論を出した。


「俺もおまえと同じ考えだ」

記者クラブのブースに駆け戻った菊乃から詳しい説明を聞き、相模は重々しい声でそう言った。

「断言はできないが、少なくとも否定じゃないことは確かだ」

相模はその場からデスクに電話した。

「……ああ、相模です。いやあ、忙しいときにすみません……実はちょっと事務的なことでご相談がありまして、これからそちらに……大丈夫ですか、じゃあのちほど」

誰に聞かれてもいいよう具体的なことは一つも言っていない。また、〈事務的なこと〉とは、日邦新聞社会部独自の符牒で、〈他社に知られるとまずい重要案件〉を指す。

二人はタクシーに乗り、日本橋《にほんばし》にある本社に向かった。

待っていた司法担当デスクの堀江《ほりえ》が、二人を空いている会議室に案内する。

「で、どういうネタ？」

一切の前置きを抜きにして堀江が切り出す。縁なし眼鏡を掛け、シャツの上にセーターを着た学生のような恰好《かっこう》だが、新聞社では実用的なスタイルであるとも言える。

相模に視線で促され、菊乃は堀江に自作文書のコピーを渡し、要点のみを端的に説明した。

「……ちょっと待ってくれ。部長がまだ社内にいたと思うから」

事の重大性を察したのか、話を途中で遮って堀江が早足で室外へと出ていった。

数分後、堀江と一緒に東海林《しょうじ》社会部長が入ってきた。

「おう、久しぶりだな、檜葉」

「ご無沙汰しております」

相模と同時に立ち上がって、菊乃は東海林に挨拶する。東海林部長は菊乃を社会部に抜擢してくれた恩人でもある。

「なんか面白いネタ拾ったそうじゃないか。聞かせてくれ」

恰幅《かっぷく》のいい東海林は慣れた動作で上座に腰を下ろす。

菊乃は立ったまま同じ説明を繰り返した。

それをじっと聞いていた東海林は、

「最初から詳しく頼む……ああ、構わんから座ってくれ。立ってたら疲れるだろう」

「はい、ありがとうございます」

その指示に従い、裏口入学の件で瀬島に取材したことから話し始めた。

東海林は随所で質問を挟みながら真剣な面持ちで聞いている。

説明を終えた菊乃は、期待を抱いて東海林の判断を待つ。

腕を組んでしばし黙考していた東海林は、重々しい声で告げた。

「話は分かった。やる価値はある」

菊乃が安堵《あんど》の息を漏らしたとき、東海林は「ただし」と付け加えた。

「今のままでは駄目だ。もっと確実な証拠か証人が要る」

「でも検察は――」

反論しかけた菊乃を制し、

「武居検事の言った『オウンリスク』の解釈は、俺も〈暗黙の了解〉に近いと思う。だが、なぜ今になってそんなことを伝えてくれたのか。単なる厚意や善意でブツを教えてくれるほど検察は甘くないぞ」

「えっ――」

考えてもいなかった。自分は情緒に流されていただけだったのか。検察は本当にそこまで計算していたのか。

「おそらく、検察も自分達が押収したブツをどう扱うべきか、もっと言えば事件化すべきかどうか、まだ決めかねているといったところじゃないかな。事件化されなければこっちも記事にはできん。そこで試しにやらせてみようと考えたんだ、俺達にな」

「部長」

東海林の近くに座っていた堀江デスクが質問を発する。

「それって、我々がナメられてるってことですかね。証人なんか見つけられっこないって」

「だろうな。検察も手を焼いているのかもしれん。それに世論の動向を見極めたいというのもあるんじゃないか」

深謀遠慮の次元が違う。菊乃には己の単純さを罵ることしかできなかった。

だとしても——これが千載一遇のチャンスであることに変わりはない。

「やってみます。必ず証人を見つけます」

再び立ち上がって叫んでいた。ここは記者クラブのブースではない。日邦の本社だ。小声で話す必要はなかった。

東海林は弛《たる》んだ頬の肉を震わせながら頷いた。

「おう、やってみろ。だが伝聞や非主流派の職員とかじゃ駄目だ。決定的な当事者の証言が要る。それが取れたら一面に掲載する。おまえにできるか、檜葉」

「はいっ」

自信があったわけではない。

だが、やる——絶対にやってみせる——

「よし、堀江」

「はい」

「社会部は全面的にバックアップする。使えるのを何人か選抜してすぐに取材チームを編成するんだ。遊軍にも応援を要請しろ」

「はいっ」

堀江がすぐさま立ち上がって走り出ていく。

「じゃあ、がんばってくれ。何かあったら堀江に言え。できる限りのフォローはする。楽しみにしているぞ」

「ありがとうございます」

退室する社会部長を、相模と二人、最敬礼で見送る。

「よかったな」

並んで立つ相模が、頭を下げた恰好でぽつりと言った。記者クラブにいるときのような小声であった。

4

日邦新聞本社会議室で、『統和医大差別入試疑惑特別取材班』の第一回取材会議が開かれた。

東海林社会部長を筆頭に、司法担当、都庁担当、省庁担当、教育担当、遊軍長のデスク五人が集まっている。警察担当デスクがいないのは、今回の案件には関係が薄いと判断されたためだろう。

ネタをつかんだ菊乃を含めたP担の五人は言うまでもなく、総勢三十名近くの記者が集まっていた。中でも遊軍からは十名と最も多くの腕利きが参加している。初めて見る顔も多かった。

菊乃は己の高揚を自覚しつつ相模らと並んで会議の始まりを待った。

「おい」

不意に相模が肘で菊乃をつついた。彼の視線は、二ヶ所あるドアのうち、上座に近い方に注がれている。その視線を追った菊乃は、一層の緊張に身を強張《こわば》らせた。

小柄な男が、厳《いか》めしい表情で入ってくるところだった。編集局次長の榊原《さかきばら》である。編集局としてもこの案件をそれだけ重視しているということだろう。菊乃としては嬉しい反面、強いプレッシャーを感じざるを得ない。

東海林と目礼を交わした榊原は、上座の一番端に座る。全体の立会役といったところか。

「えー、全員集まったようですので、早速始めたいと思います」

東海林の隣に座った進行役の堀江デスクが、よく通る声を張り上げた。東大弁論部出身だという彼は、こうした場においてその能力を遺憾なく発揮する。噂では実家はかなりの資産家であるという。そのせいか、日頃から言動の端々に毛並みのよさが感じられた。

「まずP担の檜葉から、改めて概要の説明をお願いします」

「はい」

立ち上がる菊乃に、相模が囁く——「手短にな」

その忠告に従い、経緯を端的に伝えて着席する。

応援の記者達は、全員が手帳に鉛筆を走らせている。ノートパソコンやタブレット端末を使っている者はいなかった。

「何か質問がある者は」

堀江の呼びかけに応じ、十人ほどの記者が一斉に手を挙げる。いずれも細部の確認だったが、まるで菊乃自身が犯罪被疑者であるかのような、鋭く容赦ない質問が矢継ぎ早に飛んできた。

簡潔さと歯切れよさを心がけながら、菊乃はそれらに一つずつ答えていく。

ここでナメられたらおしまいだ——

そんな思いで気力を振り絞り、全身に突き刺さるような視線を受け止めた。

菊乃が最後の質問に答え終わると同時に、堀江が一瞬の遅滞もなく議事を進める。

「概要の確認は以上。次に配布した資料を見て下さい。言うまでもありませんが、極秘扱いでお願いします」

いかにも手慣れた堀江の進行に、記者達があらかじめ配布された資料に視線を落とす。

「P担の檜葉が作成した資料で、過去の入試データを分析したもの。全部公式に発表されている数字です。男女の合格率の差は歴然としている。誰が見ても偶然ではあり得ない、不自然な結果です。なんらかの操作が行なわれているとしか思えない。つまり、統和医大のみならず、私立を中心とした多くの医大入試において、男子の優遇と女子の差別がまかり通っているという異常事態である。この不正を社会に伝えるのが新聞社としてのウチの使命だ」

ここに参集する前からあらましについては聞かされているはずの記者達の間から、悪夢を目の当たりにしたかのような呻《うめ》きが漏れた。

彼らのモチベーションの高まりを確認したのか、堀江が一層声を張り上げる。

「次に取材の分担ですが、遊軍は司法のP担と協力して統和医大の派閥及び人間関係の詳細を解明し、ネタ元の確保に努める。教育担当は医大進学率の高い有名校や医大予備校を中心に聞き込み。ただし統和医大と深いつながりがないかを入念に調査し、関係が疑われる場合は現段階での接触を避けること。省庁担当は文科省を。私立大学には巨額の補助金が給付されているため、これを失うまいと非主流派の理事やOBが文科省に密告している可能性も考えられる。都庁担当は統和医大関係者からの働きかけがなかったかどうかを徹底的に確認」

二分と経《た》たぬうちに分担が決められた。異論を挟む余地もない迅速さであった。

一大戦力である遊軍がすべてP担の応援に回されたことから、菊乃の報告を重視する社会部の方針が窺《うかが》える。

「情報は司法担当で集約しますので、随時報告をお願いします。では、最後に東海林部長から」

堀江に促され、東海林が立ち上がる。

「人を救う聖職であるべき医者を育てる医大で、あろうことか露骨な女性差別がまかり通っている。この女性差別は社会的にも許されざる重大な問題であり、掲載できれば大スクープだ。ただし例の裏口入学に関して他社も統和医大を取材中であることを考えると、いつ誰が気づいてもおかしくはない。ウチの本命がバレるのは時間の問題だろうが、そうかと言って、決定的な証拠や証言なくしてこのネタの掲載は不可能だ。ここで焦ったらすべてがぶち壊しになる。いいか、取材対象である統和医大は言うまでもなく、他社にも気づかれることのないよう、慎重を期して取材を進めてほしい。以上だ」

それを以《もっ》て解散となった。全員がすばやく散っていく。東海林部長も榊原次長と何事か囁き交わしながら退室した。

「さあ、行くぞ。ここからが本番だ。俺達の見つけたネタだ。なんとしても俺達の手でモノにするんだ」

相模のかけ声で、和藤、甲斐田、西森が立ち上がる。菊乃はもちろん真っ先に立ち上がっているが、何か釈然としないわだかまりのようなものを感じてもいた。

部長は「女性差別は社会的にも許されざる重大な問題」であると言った。だが、それを追及すべく集められた記者達の中に、女性が自分一人しかいないというのはどういうことだろう。またそのことについて、疑問の声を上げる者が一人もいなかったのはどういうことだろう。

こだわっている場合ではないと理解しながら、どうしても違和感を覚えずにはいられない。

それぞれは確かに別の事象だが、その二つは根底で深くつながっている——そんな気がしてならなかった。

「どうした、檜葉。ぼんやりするな」

「あっ、はい」

相模に叱咤《しった》され、慌てて後を追う。

「あんなにスポットライトを浴びてアガったんじゃないか」

和藤が笑いながら言う。親しげな口調ではあったが、やはりどこかが引っ掛かる。

その言葉に揶揄《やゆ》や皮肉、ましてや差別の意図など微塵もないとは理解しつつ、菊乃はすべてにつながる問題の〈根〉を感じたように思った。

菊乃は派閥の解明についてすでに着手しており、かなりの程度まで調べを進めていたが、各種の制約から手を付けられずにいた部分も数多く残されていた。

堀江デスクの正式な指示を受け、菊乃は一番機・西森の協力を得て再度網羅的に調べ直した。

話に応じてくれる者が少ないのはこれまでと同じだったが、違う人間が違う攻め方をすると、意外にあっさり話してくれたりするのが不思議なところだ。

そうして得られた断片的な情報から類推し、主流派か非主流派かを判定する。

例えば——A氏とB氏は仲がよく、B氏とC氏は仲が悪い。C氏とD氏は家族ぐるみの付き合いで、D氏は私的な催しでA氏をあしざまに批判していたとする。こうした情報から三角測量的に「A氏とB氏が同一グループで、C氏とD氏が別グループ」であると推測する。この場合、A、B、C、D氏のうち誰か一人の派閥が判明すると、必然的に四人全員の派閥が判明するというわけである。

裏も取れて確定した派閥と人脈は、ただちにすべての関連情報とともに図表化していく。

最初は空白だった図が、徐々に大量の情報で分かりやすく埋まっていくのを見ると、統和医大の人間関係が取材の進捗状況と併せて一目で分かる。それはまた、体感としては遅々として進まぬ取材が、確実に進んでいるという安心感と達成感をP担全員に与えてくれた。

一方で、二番機・甲斐田は裏口入学の事件で在宅起訴された統和医大学長と理事長の弁護人に接触を繰り返していた。弁護人の取材もP担の基本的且つ重要な仕事である。

弁護人は依頼人から法的助言を求められるため、重要な秘密情報に触れ得る立場にある。統和医大裏口入学のように社会的な話題となった事件の場合、弁護人の中にはメディアコントロールを狙って、記者の持つ捜査情報とのバーターを持ちかけてくる者もいるのだ。

また三番機の和藤は、遊軍からの助っ人を指揮し、統和医大の事務局や教授会、さらにはそれぞれのOBにまで対象を広げての取材に奔走した。これも菊乃が一部手を付けていた領域だが、今回は学外の関係者まで徹底的に余さず調べ尽くすというコンセプトである。

入手した情報は慎重に取捨選択し、〈転がして〉いく。つまり、得られた情報を他の取材先に提供してより多くの情報を得るという工程を飽くことなく繰り返すのである。

情報を持たぬ記者に対して、取材先は概して冷たい。原則はやはりギブ・アンド・テイクであるからだ。金と同じく、情報とは持つ者の所へと集まっていく性質を持っているらしい。

本社での会議から四日後、キャップの相模以下P担の五人は連れ立って日比谷公園へ〈ハイキング〉に出かけた。もちろん本来の意味ではない。公園での密談を意味する符牒である。

松本楼やその他の店に入ってもよかったのだが、全員が歩きたい気分だった。

「弁護士の線は望み薄です。こっちから女子一律減点のカードを切れない以上、取引の材料がなく、向こうはこっちの足許《あしもと》を見るばっかりで……」

歩きながら、甲斐田が面目なさそうに報告する。

「事務局や教授会の方はまだまだ調べ尽くしたとは言えません。遊軍の連中もよくやってくれてるんですが、OBを含めるとなにしろ数が膨大なもんですから。しかし成果は確実に上がってますんで、大雑把な資料、今日中に送っときます」

そう報告する三番機の和藤は、悔しさ半分、闘志半分といったところだ。それはいいのだが、こちらをちらりと見た目が気になった。菊乃はそこに、自分への対抗心とでもいったものを感知した。

何か言おうと頭の中で言葉を探していたとき、

「檜葉、おまえはどうなんだ」

それを遮るように相模が菊乃を睨《にら》む。いや、別に睨んだわけではないだろうが、この業界にいすぎたせいで、それが相模の〈普通〉の目つきになっていることは菊乃もいいかげん承知している。

「だいぶ分かってきましたが、全体像の把握にはまだまだってところです」

相模の目が失望の色を深める。文句を言うのか、それともゲップを吐くのか、相模がアンコウのような口を開きかけた。

「部長は前に『伝聞や非主流派の職員とかじゃ駄目だ。決定的な当事者の証言が要る』って言ってましたよね」

　機先を制するつもりはなかったが、心にわだかまっていたことをありのままに説明しようとしたら、妙に言いわけがましい口調になった。

「ああ、言ってたな」

　文句だかゲップだかを呑み込んで相模が頷く。

「事務局の方は和藤さんの資料待ちですが、『決定的な当事者』となると、つまりは主流派の理事ってことですよね」

「そうなるな」

「そこがハードル高いんです。主流派の証言じゃないと駄目、その一方で主流派に取材意図を悟られるのは駄目だし、そもそも話してくれるとは思えない。なんだか矛盾してません？」

「だっておまえ、あのときは部長の前で大見得切ってたじゃねえか」

「それはそうなんですけど……」

　我ながら情けない。普段の自分なら、絶対に口にしないような類いの愚痴だった。

「でも、檜葉さんの苦労も分かりますよ。これって、言ってみれば無理ゲーみたいなもんじゃないですか」

　常識派の甲斐田が助け船を出してくれる。

「そこをなんとかするのが俺達の仕事なんだよ」

　相模は常にも増して苦い顔で、

「先輩の中にはなあ、入院中の証人から話を聞き出すために、わざわざナントカっていう毒だか薬だかを飲んで同じ病院に入院したって猛者《もさ》もいるくらいだ」

「それは昔の話でしょ」

西森が呆《あき》れたように言う。

「今そんなことしたら社会的に大炎上ですよ。医療関係者によけいな手間かけさせるなって」

「人手不足で医療逼迫《ひっぱく》の世の中だもんなあ」

西森に同調して、甲斐田が嘆く。

たわいない軽口のやり取りであったが、菊乃はここにも〈根〉を感じた。

重労働であるにもかかわらず、そして人の命を預かる仕事であるにもかかわらず、医療に従事する人達は劣悪な労働環境に置かれている。女性を排除し、頑強な男性を優先して選ぶべきという、一見差別的な主張の根拠がここにある。

一理も二理もあるだけに、菊乃はいよいよ暗澹《あんたん》たる気分になった。

「そうのんびりとはしてられねえが、当分はこの調子で続けるしかねえな」

相模がなんとなくまとめたあたりで、ちょうど大噴水の前に出た。申し合わせたわけではないが、五人は無言でそれぞれ別方向へと散っていく。菊乃は一番近い日比谷門から出てすぐに地下鉄昇降口の階段を下った。

「おい」

背後から突然呼びかけられ、驚いて足を止める。振り向くと相模が自分の後を追って階段を下りてくるのが見えた。

「キャップ、なんでこっちに……」

「勘違いするな。俺はおまえのストーカーとかじゃねえ」

横に並んだ相模は、こちらと視線を合わせることなく、

「ちょっと話してもいいか、歩きながら」

「いいですけど、千代田線の改札はすぐですよ」

「そこまででいい」

ゆっくりと階段を下りながら、相模が切り出す。

「さっきの和藤のことだけどよ、気にすんなよな。あいつは悪い奴じゃねえ」

その話か——道理で皆に悟られぬよう追ってきたはずだ。

やはり相模は自分に対する和藤の態度に気づいていたのだ。

「それは分かってますけど……」

「あいつ、今じゃただの薄らハゲだけどよ、昔は髪もちゃんとあってさ、わりとイケメンだったんだぜ」

なんだかひどいことを言い出した。

「あいつのカミさんは俺の二年先輩で、記者としちゃあ、とんでもなく優秀な人だった。配属早々にスクープ飛ばしてよ。ちょうど昔のおまえみたいに。だけど奴と結婚して退職した」

「えっ、じゃあ……」

「早合点するな。それが本人の希望だったんだ。もともと結婚願望があったらしい。和藤が強制したわけじゃねえ。むしろ仕事を続けた方がいいんじゃないかって説得してたくらいだ。でも本人の意志が固くてさ、すっぱり辞めちまった。早く子供が欲しいってよく言ってたよ。でも結局できなかった。詳しいことはとても訊けないが、病院で調べてもらったところ、奴かカミさんのどっちかに問題があったらしい。そんなあれやこれやが和藤の枷《かせ》になったんだ。奴は自分がいい記者をむざむざ潰しちまったとでも思ってやがんだろうな。だから焦ってるんだ。自分が女房以上のいい記者であることを証明しようってな」

そうだったのか——

階段が尽き、改札に向かって通路を歩く。

「だから奴のことは気にすんな。あんたにはあんたのモチベーションがあるように、奴には奴のモチベーションがある。それがなんであれ、記者は取ってきたネタがすべてだ。個人の事情は関係ない。男だ女だって話もだ。それくらい奴だって分かってる。もし分かってなきゃ、奴もそこまでのヘボ記者だったってことだよ」

改札に着いた。二人は同時に足を止めて向かい合う。

「それだけだ」

「ありがとうございます。教えて下さって」

礼を述べると、相模は決まりが悪そうに視線を逸らし、

「まあ、あいつのことは小うるさいハゲだと思ってればいいって話だ」

すべてを台無しにするような結論を呟き、相模は通路を戻っていった。

千駄木のマンションに帰宅すると、いつものように麻衣子が顔を出した。

「おかえりなさい」

「ただいま」

ファッション性からほど遠い、実用性一辺倒のローファーを脱ごうとして、菊乃は娘の表情に気がついた。

「どうしたの。なんかあったの」

「うん……」

麻衣子が力なくうなだれる。こういうときの理由は概《おおむ》ね一つだ。少なくとも最近は。

「テストの結果、よくなかったの？」

「順位、下がっちゃった。あんなに頑張ったのに」

麻衣子が図表や数字の印刷された紙を差し出す。

受け取って確認すると、確かに前回をほんの少しだけ下回っていた。

「なんだ、これくらいなら誤差の範囲じゃない」

慰めるつもりでそう言うと、麻衣子はかえってむきになり、

「誤差で不合格になったらどうするのよ。あたし、死んでも死にきれないから」

その言葉を聞いて、表情が強張るのを自覚する。抑えようとしても抑えられなかった。

現実の医学部受験では、誤差ではなく、厳然とした女子への減点が存在する。

もし麻衣子がそのことを知ったら。

半分は冗談にせよ、「死んでも死にきれない」とまで口走っている麻衣子がどれほど傷つくことか。

「お母さん？」

麻衣子の声で我に返った。

「どうしたの、お母さん。顔色悪いよ？」

「ごめんなさい、ちょっと疲れてるだけ。今日も晩ご飯、まだ食べてないもんだから」

麻衣子が一転して悪戯《いたずら》っぽい笑顔を見せる。

「そうだろうと思って、今日も用意しといた」

「えっ、なあに。教えてよ、早く」

「だーめ。ちゃんと手を洗って着替えてから」

「はいはい、分かりましたよ」

まるで母親と娘の立場が逆転しているようだ。菊乃は苦笑しながら洗面所に向かう。麻衣子の気がまぎれたのは何よりだった。

手と顔を洗いながら改めて思う――これからは、麻衣子の前ではもっと気をつけるようにしなければ。

室内着に着替え、ダイニングテーブルに向かう。野菜多めのカレーライスが豊かな香りを漂わせていた。

「ごめんね、また手抜きしちゃった」

「手抜きなんかじゃないって。立派な晩ご飯じゃない」

いただきます、とすぐにスプーンを取り上げる。ほどよい辛さで、期待した以上に美味だった。

夢中でかき込んでいる菊乃に、

「まだ鍋に残ってるから、おかわりしたかったら好きなだけ食べてね」

そう言って麻衣子は自室へと引っ込んだ。勉強の続きをやるのだろう。

麻衣子はあんなにも頑張っている。なのに自分は皆の前でみっともない言いわけをしてしまった。

弱音を吐いている場合ではない。ここで自分が全力を尽くさねば、娘の努力まで無駄にしてしまうことになる。

菊乃は瞬《また》く間にカレーを平らげ、立ち上がって大盛りのおかわりをした。


午前零時過ぎ、浴室から娘がシャワーを使っている音が聞こえてくる。

菊乃は自室でパソコンを起《た》ち上げた。和藤からのファイルが届いている。すぐに開いてみると、事務局や教授会の名簿が経歴付きで表示された。

まだ途中であるかのように言いながら、和藤はすでにここまで解明していたのだ。

——あんたにはあんたのモチベーションがあるように、奴には奴のモチベーションがある。

相模の言った通りだと思う。個人の事情はさまざまだ。和藤にどんな事情があるにせよ、また和藤がどんな思想信条の持ち主であるにせよ、彼はこうして着実に成果を上げている。負けてはいられない――和藤にも、麻衣子にも。

菊乃は自分のノートを開き、メモを参照しながら取材の結果をエクセルに打ち込んでいく。やがて現時点での取材結果をすべて入力し終えた。全理事の名前と、主流派、非主流派の別。各人の人間関係。それに彼らの出自と経歴。そうしたことが一目で分かるように工夫した。

非主流派の証言は外堀を埋めてくれはするが、記事掲載のための決定打とはなってくれない。狙うのはあくまで主流派だ。

菊乃はプリントアウトした理事達の名簿を飽かず眺める。この中の誰が話してくれそうなのか。心して見極めねばならない。連日の疲れから目がかすみそうになるが、気力を奮い起こしてチェックを進める。

だが進めれば進めるほど、新たな疑問が湧き上がってくる。

例えば、理事会と教授会の関係だ。

組織として、理事会は教授会の上位にある。学校経営という観点から今まで理事会の方にばかり目が行っていたが、考えてみれば入学試験の採点には教授が関わっているはずだから、教授会も無関係ではあり得ない。だとすれば、その関与の程度はどれくらいなのか。直接の担当者なら有力な証言者となり得るのではないか。そもそも、教授個々人は学力について疑問符の付く学生の入学についてどう考えているのか。

だが力関係として、教授会が理事会に従属する組織体制になっているのなら、入試の在り方に不満を持っていても抗議できないし、証言することも叶《かな》わないだろう。

そうした点についても解明していく必要がある――

エクセルの余白にメモを書き込みながら、繰り返しチェックする。

菊乃の目がふと一つの名前の上で止まった。

朦朧《もうろう》としていた意識が覚醒し、思考が急速に研ぎ澄まされていく。

その人物。主流派の理事だが、他の面々とはあらゆる点で明確に違っている。それでいて、複数名いる入試担当理事の一人だ。

菊乃は和藤から届けられた事務局員に関するファイルを再確認し、次いで自分の取材ノートを調べる。

やはり、この人は――

菊乃の視線はその名前の上に縫い留められたかのように動かなくなった。

統和医科大学理事、神林《かんばやし》晴海《はるみ》。四十五歳、女性。

II
第一の対決

1

午前六時。神林晴海は中野区鷺宮《さぎのみや》の自宅で目を覚ました。カーテンを閉めきった一階の和室は、古い戸建てに特有の湿った空気に満ちていた。

連日の仕事で身体の節々が凝り固まったように痛かった。ストレスのせいでもあるのだろう。近いうちにマッサージか整体に行った方がいいかもしれない。だがそんな余裕などないことも、嫌というほど分かっている。

呻きながら身を起こし、カーテンを開ける。射《さ》し込んできた朝の光が目に痛い。

さして広いとも言えない庭は、南向きであるだけに、雑草が生い茂ってひどいありさまだった。両親が健在だった頃は、よく手入れがなされて四季折々の花が咲く小さい楽園であったのに。幼い頃の自分が、大はしゃぎで走り回っていた場所であったのに。

父も母も、草木や土いじりが好きだった。それでいて自分がうっかり花を踏んづけても、ごめんなさい、と小さな声で謝れば、笑うばかりで少しも怒りはしなかった。庭には光が満ちていた。

庭だけではなく、家の中も、家の外も、あの頃はすべてが明るく輝いているように感じられた。それが昭和という時代の残照で、社会に潜む暗い翳《かげ》を直視せずに済んだだけであったのだと今は分かる。

そんな欺瞞が懐かしい。思えば幸せな子供時代を過ごしたものだ。両親には感謝するばかりである。

なのに自分は――

際限なく湧き上がる想念を振り払い、晴海は布団を畳んでから洗面所へ向かう。

台所で茶漬けとお新香、それにインスタント味噌汁の朝食を取り、身支度を済ませて出勤する。白のタックブラウスの上にワンボタンのネイビージャケット、それにスカート。普段から地味な服装を心掛けているのだが、体型を少しでも隠したいという思いもある。その意図が成功しているかどうか、自分では判断できなかった。

最寄りの西武新宿線鷺ノ宮《さぎのみや》駅までは歩いて十分ほどだ。両親は結婚と同時に新築だったこの家を購入した。当時でも庭付きの戸建ては結構な値段であったという。四十年のローンであった。

住宅ローンを完済して間もなく、父は脳溢血で亡くなった。

――全部払い終えてから死ぬなんて、お父さんは本当に真面目なんだから。

母はそう言って泣きながら笑った。

そんな母も、父の死からほどなくしてみまかった。ガンだった。その半年前に受けた検査では、なんの異常もなかったというのに。

母もまた父と同じくらいに真面目であったのだ。真面目に父の後に従った、そんなふうに晴海は思った。

以来、晴海は一人で生家に住み続けている。

高田馬場《たかだのばば》駅で降り、地下鉄東西《とうざい》線に乗り換える。朝のラッシュはこたえるが、勤務先の統和医大までは通勤がとても楽だった。それでもめっきり体重が増えた昨今では、電車での通勤がつらくなる一方である。

自動車免許は持っているが、自宅には駐車場がない。父が車を運転しなかったからだ。小学生の頃はその点が父に対する唯一の不満だった。

――私もユカちゃんちやアキコちゃんちみたいに、マイカーでお出かけしたい。

そう父にせがんだことも何度かあった。父は笑って、すまんなあ、と繰り返した。

もうっ、とむくれる晴海に対し、母は笑って、だったら晴海が車を持ってる人と結婚すればいいのよ、と言った。すると父は俄然身を乗り出して、それはいい、さすがはお母さんだ、お父さんも楽しみだと破顔した。だが晴海はとうとう結婚しなかった。

孫を楽しみにしていたらしい両親は、口にこそ出さなかったが、明らかに落胆し、年々ため息をつく回数が増えていった。

――これが私の選んだ人生だから。

両親に強く宣言したこともある。

――そうだねえ、おまえの人生なんだからねえ。

父も母も、静かに微笑むばかりであった。

「おはようございます」

統和医大構内にある本部中央棟に入ると、事務局情報課の三浦絵美香《みうらえみか》と一緒になった。情報課と言ってもその仕事内容は、図書館資料の統括的管理、情報ネットワークの連絡調整等である。

「おはよう。今日はいいお天気ね」

「ほんとですね。昨日までは雨で気圧が低かったから、頭痛がひどくてつらかったです」

そう言って笑う絵美香は、今年で三十になるはずだが、晴海の目には初めて会った頃の新人のままだった。五年前までは同じ事務局の同僚だったが、晴海が理事に抜擢されてからも、自分のことを変わらず慕ってくれる一人であった。

たわいない話をしながらエレベーターに乗り込む。

「神林さん、近頃だいぶお疲れなんじゃないですか」

二人きりのエレベーター内で絵美香が言う。

「それでなくてもいろいろ騒ぎになってるのに、神林さんも本当に大変ですね」

「ありがとう。でもそれが仕事だし」

裏口入学の一件だけでなく、〈あのこと〉も事務局ですでに噂になっているはずなのに、絵美香は慎重に具体的な言及を避けた。

「じゃ、失礼します」

絵美香は事務局のある三階で降りた。昨日まで頭痛に苦しんでいたとは思えない、颯爽《さっそう》とした足取りだった。その若さと体力が晴海にはうらやましかった。

晴海は自身の執務室がある四階で降りた。本部中央棟四階には学長室と会議室があり、五階には理事長室と理事専用の応接室がある。全部で十三人いる理事の大半は学部長や系列病院の院長、研究センター長などの医師達によって占められている。ゆえに各理事の執務室は構内には設けられていない。普段各理事は、教授室にいるか、それぞれの職場のオフィスにいる。

しかし事務局出身の晴海は、必然的に事務局や教授会との窓口役を任せられているため、特別に専用の執務室を与えられている。それは連日の出勤を意味してもいるのだが。

自分のデスクチェアに腰を下ろし、通勤路の途中にあるコンビニで買ってきたコーヒーを一口含む。専用執務室と言っても、長らく使われていなかった空き部屋を改装しただけの、ごくささやかなスペースでしかない。それでもここは、晴海にとっての〈城〉であり〈砦《とりで》〉であった。長年の戦いの結果、自分はここを勝ち取った。だがここが終着点であるとも思わない。なんとしてもより大きな〈城〉を取らねば、理想の実現など夢でしかない。

コーヒーの紙コップを机上に置いた晴海は、届けられていた郵便物を開封し、パソコンを起ち上げてメールをチェックする。速やかな返信を要する案件が七件、多少後回しでも問題ない案件が十一件、返信の必要のない案件が八件、返信すべきでない案件が三件。

それらを選別し、さばいているうちに午前九時四十分を過ぎた。

十時から会議室で緊急理事会が開かれることになっている。晴海は手早く必要な書類をまとめてファイルケースに入れ、ノートパソコンと一緒に持って立ち上がった。

理事の中で最も格下である自分が、遅刻どころか、他の理事より後から入室することなどあってはならない。少なくとも十五分前には着席しているのが好ましい。

一分で移動し会議室に入ると、絵美香と若い男性職員が手分けして各理事の席に緑茶のペットボトルを置いて回っているところだった。

「ご苦労様です」

晴海が声をかけると、二人は揃って目礼を返した。緊張のせいか、ともに動作がぎこちない。

理事の中には、「ペットボトルの置き方がぞんざいだ」と、非常識なクレームをつけてくる者もいるからだ。そういう者に限って学内で権力を握っているから、職員達も自《おの》ずと萎縮してしまう。

それが分かっていながら、今の晴海の立場ではどうすることもできない。初手から無力感にさいなまれつつ、晴海は末席に当たる自分の席に座る。

最年少であるから末席なのは当然だと思うが、今後上席へと移行できる望みは正直言ってかなり薄い。

それでもあきらめるわけにはいかない――

そんな思いを新たにする。今ここであきらめたら、これまでの人生のすべてが意味を失う。そう信じて疑わなかった。

「どうぞ」

絵美香が晴海の前にペットボトルを置いた。

顔を上げると、絵美香はこっそりと親しげな笑みを浮かべる。

――神林さんは私達の希望なんです。

以前絵美香にそう言われたことがある。〈私達〉とは、心ある学内の職員全員であると晴海は勝手に解釈している。

ペットボトルを並べ終えた二人は、晴海しかいない室内に向かって一礼し、退室した。

予定時刻が近づくにつれ、理事達が集まってきた。晴海はいちいち立ち上がって「おはようございます」と挨拶する。

声に出して返礼する者もいれば、目礼だけで済ませる者もいる。完全に無視して視線を合わせようとしない者さえいる。いつものことなので気にはしない。

全員に共通しているのは、憂鬱そうな表情を隠そうともしていないことだった。

無理もないと思う。〈あのこと〉はそれほどまでに深刻な問題として関係者にのしかかっていた。今日の理事会も、そのために開かれたようなものだ。

最後に理事長と、その後に従って事務局長が入ってきた。全員が立ち上がって挨拶する。

「これで全員かね」

本間《ほんま》理事長が久米井《くめい》事務局長に尋ねる。

「はい」

久米井はごく簡潔に答えた。

その日の出席者は本間と久米井を除き、理事九名、幹事二名であった。関連施設である国際医療交流センター長の川宮《かわみや》理事は欠席。非常勤の理事三名も欠席である。非常勤と言うと聞こえはいいが、要するに官界、財界、マスコミ等からの天下りポストだ。理事会に出席している方が珍しいとも言える。それでも今日は議題の深刻さから、非常勤の三人も来るのではないかと予想していたのだが、晴海は自らの甘さを再認識しただけであった。非常勤の三人にとって、天下り先など年金支給専用のATMくらいにしか考えていないのだろう。

「それではただ今より統和医大緊急理事会を開かせて頂きます。まずは理事長の本間先生よりご挨拶をお願いいします」

理事会の司会は事務局長が務めることと定められている。

久米井に促され、本間が着席したまま独特の聞き取りづらいしゃがれ声を発した。

「本日は皆様ご多忙の中お集まり頂き、ありがとうございます。今さら申すまでもありませんが、すでに起訴された被告人の身である私が理事長の職にとどまり続けるのはいかがなものかと思案を致しておりますうち、より重大な事案が出来《しゆつたい》し、その落着を見るまでは退《しりぞ》くこともならない状況となりましたこと、ご理解をお願いいします」

低頭する本間に対し、理事や幹事達も一斉に返礼する。

晴海も真っ先に頭を下げている。「より重大な事案」とは、言うまでもなく〈あのこと〉を措《お》いて他にない。

在宅起訴された本間は当然マスコミに追い回されている身であるから、自宅にはいられず、都内のホテルを転々としている。今日も赤坂《あかさか》のホテルから出勤したと聞いた。

「さて、問題の案件につきまして。私の起訴にともない、入試関連の資料が検察によってすべて押収されたわけですが、その中に女子学生、及び浪人生一律減点に関する全書類も含まれていたことが判明しました。その件に関して当局からの事情聴取、もしくは問い合わせ等、現時点で一切ございませんが、これは検察が気づかないまま放置しているものなのか、それともこちらの動きを探りつつ様子を見ているものなのか、まったく見当もつきません。ですが、万が一にも、この件が学外に知られました場合、本学の社会的信用が著しく損なわれることは明らかです。本学の名誉を守るためにも、私どもとしてはなんとしてもそのような事態を避けねばなりません」

一同を見回しながら理事長は冒頭から本題に入った。

それだけ喫緊の問題であることは誰よりも承知しているが、晴海はどうしてもある違和感を抱かざるを得なかった。

本間が第一に言及したのは、女子受験生差別入試の是非ではなく、「本学の名誉を守る」ことだったからである。

だがそれも、当事者たる理事の一人である晴海にとっては当然と言うしかなかったし、たとえ異論があったとしても、この場で述べられるほど晴海の立場は強いものではない。

「似たような操作はどこの医大でもやっていることだ」「そうだ、本学だけの話じゃない。このことが外部に漏れたら、ほとんどの私立医大が被害を受ける」「そこらへんのことをマスコミは考えているのか」「大体、事情を知らない素人が一方的に不正だのなんだのと騒ぐのがおかしいんだ」

理事達が口々に漏らすのは、そういった不満ばかりである。理事長の求めた対策に相当するような意見は一つもない。

久米井の進行に従い、さらに何人かの理事が意見を述べたが、これといった有益な提案はついに出なかった。

当然だろう。検察の思惑など知るすべもないし、証拠が押収されている以上、大学側として打てる手立てはない。強《し》いて言うなら、漏洩《ろうえい》した場合に備えて隠蔽の方策を練っておくくらいか。

「神林君」

突然呼びかけられ、慌てて応じる。

「はい、なんでしょうか」

「なんでしょうかじゃない。君は僕の話を聞いてなかったのか」

医学部長の蜂須賀《はちすか》であった。副理事長でもある彼は、理事の中でも本間理事長と並ぶ実力者である。

直前までの記憶を必死にまさぐって晴海は答える。

「いえ、拝聴しておりました」

「なら言ってみなさい」

「本事案対策専任の常務理事を置くことにしてはどうかというご提案でした」

そつのない、完璧な答えのはずだった。

しかし蜂須賀はあからさまに舌打ちし、

「てっきり眠っとるのかと思ったよ。君の顔がいかんのだ」

不適切極まりない蜂須賀の軽口に、全員が失笑を漏らす。昨今の社会常識からすると異様とも言うべき光景だった。

晴海以外で唯一の女性理事である循環器内科の北《きた》教授も、隣の理事と顔を見合わせ笑っている。構わない。慣れている。晴海は己に言い聞かせる。

ここで怒ったらおしまいだ。自分の負けだ。なんとしても負けてはならない。

「まあいい、とにかく君がその対策担当をやってくれないか」

「えっ、それは……」

「どうした。やれんと言うのかね。事務局上がりの君ならマスコミのあしらいも得意だろうと思ったんだが」

事務局上がり。そこに蜂須賀の差別意識が表われていた。

理事は主に医師から選出される。事務局から理事に抜擢されることはほぼないと言っていい。さらに女性となればなおのことあり得ない。にもかかわらず晴海が選ばれたのは、統和医大の発展に大きく貢献した前医学部長の強力な引きがあったからである。

蜂須賀もその人には頭が上がらず、晴海の理事就任を認めざるを得なかったという経緯がある。それだけに、こうしてことあるごとに嫌みや皮肉を投げかけてくるのだ。

事務局長の久米井さえも、蜂須賀はじめ他の理事達と一緒になって、明白な敵意を向けてくる。本来ならば事務局から理事を出したことを喜ぶはずが、はるか後輩の、しかも女に頭を越されたのが悔しくてならないのだろう。実際に事務局内で自分のことをあしざまに罵っていると絵美香から聞いている。なんとも狭量な男だが、事務局との円滑な関係を構築したい晴海としては、久米井を疎《おろそ》かに扱うわけにもいかなかった。

「いえ、そのような大役、私に務まりますかどうか」

かろうじてそう言うと、蜂須賀は本間と何やら囁き交わしてから、隣に座る久米井に目配せする。

頷いた久米井は理事達に向かい、声を張り上げる。

「それではこの場で決を採りたいと思います。理事会の定款上、全理事の半数以上が出席されておりますので、手続きに問題はありません。神林晴海理事を常務理事として信任される方は挙手をお願いします」

晴海を除く全員が即座に手を挙げた。

「ありがとうございました。出席理事多数の信任により神林理事は常務理事に選任されました。おめでとうございます」

久米井が一方的に宣言する。

理事会の定款には、こちらに拒否する権利もあったと記憶する。しかし就任の可否は問われなかった。そんな選択肢があるなどとは、最初から誰も考えてさえいない。

要するに、面倒な仕事を晴海に押し付け、万一の場合はすべての責任を取らせようという肚《はら》だ。

それが分かっていながら――

「ありがとうございます。皆様のご信頼に応えられるよう、微力を尽くす所存です」

晴海は立ち上がって頭を下げた。

小さい拍手が散発的に聞こえる。それが合図であったかのように、緊急理事会は終了した。


理事会は一時間程度で終わったが、まるで夜通し行なわれたかのような疲労感を覚えていた。それは自分の年齢のせいなのか。それとも議題の深刻さのせいなのか。いや、理事長や副理事長をはじめとする理事達の、横柄でありながらどこか他人事《ひとごと》のような態度のせいかもしれない。

馬鹿馬鹿しい、理事達の態度はいつものことではないか――

そんなことを漠然と思いつつ、晴海は執務室に戻ってデスクチェアに腰を下ろす。

その途端、かん高い音を立ててチェアが軋《きし》んだ。驚いて振り返り、音のしたあたりを確かめる。幸い異常はないようだったが、晴海はいよいよ陰鬱な気分になる。

高校生になるまでは平均的な体重を保っていたのに、受験勉強のストレスからか、間食の度合が激しくなり、あっという間に平均値を超えた。思えば母もどちらかと言えば太っていたから、体型が似るのも自然であった。

それでも二十代半ばくらいまではなんとかダイエットを試みたりして、一応の効果を上げていた。今はそんな気力などもうかけらさえ残っていない。認めたくはなかったが、体重が増えるたび、肉体の脂肪量はそのままコンプレックスに転化して、意識の深層に沈殿していった。

だがそれはまだいい。もっと大きな問題は、志望した国公立の医学部に入れなかったことだ。

その頃父はふとしたことから身体を壊して医療費がかさんでおり、私立の医学部に進学させてもらえるほどの余裕はなかった。私立医大の学費は最低でも国公立の五倍以上だ。浪人するのはさらに厳しい。やむなく晴海は滑り止めとして受験していた公立大学の社会学部に入学した。

〈医者になりたい〉という夢が潰《つい》えた瞬間だった。

将来の希望として医師を最初に意識したのは、両親と偶然観たテレビのドキュメンタリー番組だった。難病に苦しむ人達を助けようと懸命に走り回る医師達。その姿は、小学生であった晴海の胸を強く揺さぶった。

だがそれは、しょせん子供の儚い憧れでしかなかったのだ。偏差値という数字は、高校生の晴海に容赦なく現実を突きつけた。

滑り止めとは言え、社会学部を選んだのは医師のような〈人を救う〉仕事に最も近いと感じられたからだ。それもまた世間知らずな女子高生の思い込みであったということを、就職活動時に嫌というほど思い知らされた。

そしてその結果、統和医大の事務局に職を得た——

とりとめもない想念を遮るように、突然ノックの音がした。「どうぞ」と応じると、ドアが開いて絵美香が入ってきた。湯呑みを載せた盆を捧《ささ》げ持っている。

「お疲れ様です。お茶をお持ちしました」

理事会の終了をいち早く耳にしたのだろう。湯呑みに注《つ》がれていたのは晴海の好む昆布茶であった。

「いつもありがとう」

心からの礼を言い、湯気の立っている湯呑みに口を付ける。生き返るような心地がした。

「事務局長が言ってましたけど、神林さん、常務理事に選任されたってほんとですか」

「そうなの」

すると若い事務局員は心配そうな口調で、

「あの、普通だったらおめでとうございますってお祝いするところなんですけど、ひょっとして……」

そこで絵美香は何事か言い淀んだ。

言わずとも分かる。晴海は逆に助け船を出すような思いで言った。

「〈あのこと〉の対策係」

「やっぱり……」

絵美香はいよいよ表情を曇らせる。

「いつもそんな仕事ばっかり神林さんに……どうして断らなかったんですか」

「誰かがやらなくちゃならない仕事だし」

「だったら副理事長とか、もっと偉い人がやるべきなんじゃないですか」

「そうかもしれない。でも、私が断れないこと、あなただって知ってるでしょう。断ったら私はそこまで。本学の健全運営も泡となって消えてしまう」

一瞬、虚を衝《つ》かれたような顔を見せ、次いで絵美香は悄然《しょうぜん》とうなだれる。

「すみません、神林さんのお気持ちも考えずに勝手なこと口走っちゃって……」

「いいの、そうやって心配してくれるだけでも嬉しいから」

そのとき、晴海のポケットでスマホが振動した。

スマホを取り出すと、ＬＩＮＥにメッセージが届いていた。発信者は北教授。先ほど別れたばかりの女性理事であった。

困惑した自分の顔色をすばやく読んだか、絵美香は一礼して退室している。万事に察しのよい職員だ。

［Ｃ棟のアルジャンでお茶しませんか］

それがメッセージの全文だった。

『アルジャン』とは、主に学生が使うことの多いカフェテラスの名称である。構内にカフェやレストランは何ヶ所かあるが、どの出入口からも遠いという立地の問題でアルジャンの利用者は比較的少ない。

晴海はスマホの画面を見つめて考える。

北加世子《かよこ》教授。ティータイムをともに楽しむような間柄ではまったくない。

にもかかわらず、このようなメッセージを送ってきた。その狙いは一体何か。

一分ほど考えた末、晴海は返信の文章を送った。

［いいですね。すぐに伺います］

アルジャンの店内で、晴海は北教授と向かい合った。目の前にはウーロン茶の紙コップが載ったトレイがある。北教授はコーヒーだ。

「空いててよかった。学内のお店じゃ、誰が聞いてるか分からないでしょう？　でもここは本当に穴場ね。秘密のお話をするときは、あたし、いつもここを使うことにしてるのよ」

「秘密の話なんですか、私をお呼びになったのは」

五十六歳の女性教授は、まだ充分に色香の残る笑みを浮かべ、

「秘密ってほどじゃないんだけど、あなたにアドバイスしとこうと思って。老婆心てやつ？　やだ、あたしが老婆って意味じゃないわよ」

おかしくもなんともない冗談だった。それでも晴海は〈適量〉だけ笑ってみせ、

「嬉しいです、北先生にそんな気を遣って頂けるなんて」

「あたしなんて理事の中じゃ下っ端の方よ。学部長でも病院長でもないしね。第一、女だし」

最後の一語に、最も強い力が籠もっていた。

「そう、日本じゃアカデミズムの世界で女が生きていくのはほんと大変。あたしも教授になるまで苦労したわ。セクハラを我慢して我慢して、とうとうなんにも感じなくなったくらい。あなただってそうでしょう。でなきゃ、事務から理事になんてなれっこないものね」

「いえ、私は――」

「隠さなくてもいいわ。この際なんだから」

晴海の反論を半ば柔和に、半ば強引に遮って、

「あたしが伝えようと思ったのはね、せっかくここまで耐えてきたんだから、こんなことでしくじったら損だって話」

こんなこと？　それは一体何を指しているのだろうか。事務局上がりと馬鹿にされたことか。面倒な役を押し付けられたことか。それとも女子一律減点という問題自体を指しているのか。

晴海の困惑を見抜いたように北教授は続けた。

「悔しいのは分かる。でもそれが日本なの。適当に合わせて生きていけばいい。まあ、若いうちはそれで結構うまくいくけど、歳を取ってくるとそうもいかない。若い頃よりもっとわきまえないと、ね」

要するにもっとうまく迎合しろと言いたいのか。女性の容姿をあげつらうという、蜂須賀副理事長の許されざる冗談に、彼女が笑ってみせたのもそういうことか。

「はい、そうします。お心遣いに感謝します」

晴海にとっては、目の前の女性も「迎合」すべき相手である。そのことを「わきまえ」て神妙に礼を述べる。

「あなたは昔から賢明なやり手だったから、今さら私が言うまでもなかったわね」

教授は満足そうにコーヒーを一口含み、

「あたしがあなたに伝えとこうと思ったのはそれだけじゃないの」

それまでの快活な口調とは打って変わって声を潜める。

「今回の問題に関しては、あたしもいろいろ思うことはある。がんばって勉強してきた女子が、女であるってだけで不利になるなんて、やっぱりおかしいと思う」

だったら、どうしてそれを理事会の席上で言ってくれなかったのですか――

「でもね、医者の立場から言わせてもらうと、病人を救うのは理想じゃない。あくまでも現場の現実なのよ。いい？」

「それは理解しているつもりです」

「そうよね。あなたも伊達《だて》に医大で働いてきたわけじゃないものね。一番悪いのは新研修医制度。あれのおかげで、男子を優先的に採るしかなくなった。悔しいけど、どうしようもないの」

教授を見つめたまま晴海は頷く。

もちろん知っている。二〇〇四年に新研修医制度が制定されるまでは、医大を卒業した新人医師の70パーセント以上は母校の付属病院へと配属されていた。さらに地方病院からの要請を受ける形で派遣され、同地での医療活動に従事し経験を積む。いわゆる医局制度によるシステムである。

新研修医制度は、幅広い診療能力の習得を目的として二年間の臨床研修を義務化すると同時に、自身で研修先を選択できるマッチング制度を導入した。さらに研修医のアルバイトを禁止したため、夜間や休日の当直業務を担当する医師の確保が極めて困難となった。

のちに臨床研修期間は実質一年に短縮されたが、新研修医制度は医局制度を事実上の崩壊へと導いたのである。

医局の束縛から解き放たれた若い医師達は、その多くが地方での勤務を好まず、都心部の病院を希望したり、個人クリニックを開業したりするようになった。その結果、大学医局への入局者は激減した。

ことに女子医学生においてその傾向が顕著であり、地方への赴任を拒否するばかりか、責任の重い外科、当直の多い小児科や産婦人科を最初から避け、定時で帰れる眼科や精神科を選択するようになった。

必然的に大学医局の権威と権限は劇的に低下し、地方病院からの医師派遣の要請に応じることができなくなる。中堅クラスの医大や医学部が男子受験生の優遇に手を染め始めたのもこの頃であり、以てゆえなしとはしない。実際にそれまで増加する一方であった医師国家試験合格者の女性比率は、二〇〇四年以降、減少に転じている。

「政府も厚労省も医療現場の実態を知らなすぎる。地方の病人を見捨てろとでも言うつもり？そもそも医局で充分な経験を積むのは医師として絶対に必要なことよ。それをやらないで診察したり治療したりするなんて、医療事故を増やすだけじゃない。そんなことも分からないんだから」

北教授の言葉は学内で頻繁に交わされるいつもの愚痴に変わっていた。まったく正論であると晴海も思う。ただし、長い。晴海はそれを一方的に拝聴するしかない。教授の話を遮ることなど許されないからだ。

「あたしだってね、一生懸命勉強してきた女の子を落としたくなんかない。でもね、こればっかりはしょうがないの。特に今の若い子は夜勤どころか残業さえ嫌がるし。少しでも多くの人を助けるのがあたし達医学に携わる者の責任だっていうのにね」

喋っているうちに感情が高ぶったのか、教授はハンカチを取り出して目許を拭っている。

晴海はあえて何も言わずウーロン茶を口に運んだ。

教授が嘘をついたり演技をしたりしているとは思わないが、若く愛らしい女子学生に対して、普段から比較的冷淡なのも確かである。特に教授や准教授の間で受けのいい女子には厳しかった。本人は公平に接しているつもりなのだろうが、同性からするとやはり違って見えるものだ。

「それでね、神林さん。あなたにはそのことを心してもらいたいの。マスコミは卑劣だからきっとあることないこと書き立てようとするわ。連中に理解してもらおうとしても無駄。だから信念に従って徹底的に否定するしかない」

「はい、承知しています」

やっと安心したのか、教授はハンカチをしまい、

「他の先生方はやっぱり女性の気持ちが分かってない。ましてや女性が日々どんな苦労をしているかなんて、想像したこともないに決まってる。だから理事会ではあえて言わなかったの。ただこうしてあなたに確認しておきたかった。これは本当に大事なことだから。入試の件が明るみに出たら、理事長だけじゃ済まないわ。全理事が責任を問われることになる。なのに厄介事はあなた一人に押し付ければ済むと思ってる。ひどいわよね」

情に訴えているようで、どこかが破綻している。北教授も自分に対処を押し付けた側の一人なのだ。

ここに呼び出したのはその弁解か。あるいは自分自身のための精神的アリバイ作りか。後者であるなら分からないでもないが、晴海には理事会での教授の方が自然に見えた。

「あたし、もう行かなきゃ」

腕時計に目を遣《や》って教授は急ぎ立ち上がった。

「大変だろうけど、がんばってね。これを乗り切ったら、あなたを馬鹿にする者なんていなくなるわ。あたし、応援してるから」

「ありがとうございます」

晴海も立ち上がって低頭する。

「じゃあね」

人目を気にするような素振りで教授は店から出ていった。

晴海は再び腰を下ろし、ウーロン茶の残りを飲む。

――あなたを馬鹿にする者なんていなくなるわ。

なんのことはない、北加世子教授は自身がこちらを馬鹿にしていると告白しに来たようなものだ。

目の前には教授のトレイと紙コップが残されている。

驚きも失望もない。他の理事達と同様、北がそういう人物であることは分かっていた。

これまでアカデミズムの世界を生き抜いてきた女性であるがゆえに、他の理事よりは小心で、おそらくはこちらを気遣う気持ちも嘘ではない。それらのすべてが心の中で矛盾なく融合しているだけなのだ。

医大という特殊な環境が、そうした人間を創るのだろう。

だからこそ、自分はやらねばならない――

打ち沈む一方の気持ちを奮い立たせ、決意を新たにする。学内改革という決意だ。

ウーロン茶を飲み終えた晴海は、自分のトレイを教授のトレイの上に重ね、返却口へと運んだ。


執務室へと戻った頃には、疲労のあまり体重が倍になったかのように重かった。

しばらくデスクチェアにもたれかかった恰好で休んでから、晴海は引き出しの中に常備している手鏡を取り出し、メイクと服装をチェックする。次いで机上の内線電話を取り上げた。

〈事務局広報課です〉

広報担当の玉置《たまき》が出た。

「玉置さん？　理事の神林です。ちょっと私の部屋まで来てもらえませんか」

〈はい、すぐに伺います〉

約三分後、ドアがノックされた。

「お入り下さい」

「失礼します」

広報の玉置が入ってきた。四十手前で、経験も積んだ働き盛りの年齢だ。

「パイプ椅子しかないけど、よかったら使って下さい」

晴海は壁に立てかけられたパイプ椅子を指差した。この部屋には理事長室にあるような応接セットはない。

「ありがとうございます」

玉置は畳まれていたパイプ椅子を自分で開きながら、

「申しわけありません。理事の執務室にまともな備品も用意できなくて……庶務の者に申し伝えます」

「いいのよ。無駄な予算なんて使う必要はありません。事務局のみんながどれだけ苦労してるか、私は誰よりも知ってるつもり」

「恐縮です」

腰を下ろした玉置は、感激したような面持ちで姿勢を正す。

「もう知ってると思うけど、今日の理事会について説明しておきます」

晴海は自分が常務理事を拝命したことなどについて手短に話した。

「……そういうわけで、マスコミ対策にはこれまで以上に気を遣わなくちゃならなくなったの。それでなくても例の裏口の件で大変だと思うけど、玉置さんをはじめ、まず最初の窓口となる広報の皆さんにはこれまで以上の負担を強いることになります。もし〈あのこと〉について訊いてくるような取材があったら、すぐに私に報告して下さい」

すると玉置は、ややためらいがちに首を傾《かし》げ、

「実はその件なのですが……」

「どうしたの。何かあったの」

「はい、実は今朝方、女子学生の点数についてほのめかすような探りを入れてきた記者がいるんです」

「記者？　新聞なの？」

「ええ、日邦新聞の社会部です。確か檜葉と名乗ってました」

「日邦の檜葉……」

玉置は己を責めるかのように、

「もっと早くご報告すべきでした。しかし、他の電話の対応に追われている間に理事会が始まってしまいまして……」

「謝る必要はないわ。広報は一番大変なときだものね。それより、その記者はどこまで突っ込んできたの」

「それが、本当にほのめかし程度で、『他社が変なことを言っていた』と。よくある逃げの口実ですが、それ以外に具体的なことは何も……何か証拠をつかんでいるのか、それとも単にとぼけているだけなのか、そこまでは分かりませんでした」

「否定したんでしょうね」

「もちろんです。他社の社名を聞き出そうとしたところ、さっと退《ひ》いていきました」

晴海は重い息を吐いて考え込んだ。

「いずれにせよ、その檜葉って記者は要注意ね。もしまた接触してくるようなことがあれば、慎重に対応するように。その結果は最優先で私に報告して下さい。これは他のみんなにも徹底しておいて」

「分かりました」

他にも細々とした打ち合わせを行なった後、玉置は退室していった。

有能な人物だ。事務局にはこんなにも優秀な人材がいて、大学を懸命に支えているというのに、理事会は勝手に自分達をヒエラルキーの最上位に置いて、下位と見なした者達を顧みようともしない。

女子受験生への一律減点や現役男子受験生の優遇も、蜂須賀の主導によって理事会が決定し、教授会にも無断で実行していることだ。

そのせいで大学全体が危機に晒されたら、理事達はどう責任を取るつもりなのか――

晴海は頭を振ってネガティブな思考を追い払う。

そんな事態にならないよう努めるのが自分の責任なのだ。

2

遅い夕食は外で済ませ、午後九時過ぎに帰宅した。お一人様の夕食は慣れているので気にもならない。

〈お一人様〉。嫌な言葉だ。それは「女は結婚するのが当たり前だ」という同調圧力が根底にあるからだ。カップルや複数での会食ではない客を、本質的に嘲《あざけ》っている。

若い頃から薄々感じてはいたが、日本の社会は個人の自由を許さない。社会通念とやらに反する個人の選択を許さない。

都市部はまだいい。地方に行けば行くほど、その傾向は顕著になる。若い女性医師が地方に行きたがらないのも当然だ。そのことと、地方における地域医療の逼迫とは、本来同列に考えるべき問題ではないのか。そんなふうにも思えてくる。

いかにも昭和といった風情を醸す淡いブルーの据置型浴槽に、ガス風呂釜で沸かした湯を張った。奮発して高価な入浴剤も投入する。効能を全面的に信じているわけではないが、少しでも疲労が和らいでくれれば儲《もう》けものだ。

狭い浴槽で可能な限り手足を伸ばす。寛《くつろ》ぐつもりが、頭は虚しい回転を止めようとはしなかった。

地方の医療崩壊を防ぐためにも、その担い手となり得る男子を優先的に採らざるを得ない。それは医大関係者なら誰もが理解していることだ。

しかし北教授があえて触れようとしなかった問題もある。

新研修医制度が施行される以前。医局制度が幅を利かせていた時代。

医局制度によって系列下の地方病院に派遣された医師は、確かに地域医療を支えていた。研修医が大学病院で生き残り出世していくには、医局に所属し、教授の命令に従うよりなかったからだ。

それは教授と大学の権威を維持するというだけでなく、もっと複雑な側面があった。

すなわち、金である。

大学病院から医師の派遣を受けた地方病院は、多くの場合、その医師の給与を天引きし、研究費の名目で医局に報酬を支払う。これが大学の大きな財源となっているのだ。

医局とはすなわち学閥であるから、必然的に教授の権威を担保することにもつながる。

派閥は例外なく閉鎖的、排他的な性格を帯び、固有のルールを持つ。医局員は医局の庇護《ひご》を受けられる一方で、医局費と同門会費を支払わねばならない。事実上の上納金だ。こうしたルールが医局の医師から社会性や主体性を奪ってきた事実は否定できない。

また新研修医制度によって、研修医の平均給与は大幅に増加した。しかし国は、その財源を個々の医療機関に丸投げした恰好で、適切な補助を行なっているとは到底言えない。

晴海は両手にすくった湯で顔をこする。入浴剤の芳香も今夜ばかりは心地よさをもたらしてはくれなかった。

いくら考えても正解などない。そもそも自分に解決できる問題ではない。

自分にできること。自分がやるべきこと。それはやはり、理事会の方針に従って女子一律減点の事実を隠蔽することだ。それによって急場をしのぐ。根本的な解決は、国や厚労省の偉い人が考えればいい。

いつまでしのげるのか。国の施策が間に合うのか。自分には窺い知る由などあろうはずもない。

幼稚園の頃は、この風呂に父や母と一緒に入った。考えてみると、こんな狭い風呂によく親子で入れたものだ。あの窮屈さがよかったのだろう。不安もなく、心配もなく、ただ父母にくっついて、戯れていればよかった日々。

当時はこの風呂も新しかった。今では見る影もなく薄汚れ、早くリフォームしてくれと叫んでいるようだった。それは家全体の叫びでもある。

しかし晴海は、リフォームに踏み切れずにすべてを先延ばしにしている。単に忙しいという理由もあるが、それだけではない。この家をリフォームするということは、父や母の思い出をすべて剝ぎ取り、捨て去ってしまうような気がするからだ。自分があと何年生きられるか知らないが、それまで保《も》ってくれれば充分だとも思う。

——あなただってそうでしょう。でなきゃ、事務から理事になんてなれっこないものね。

北教授の言葉が耳について離れない。

確かにこれまで、セクハラもパワハラもうんざりするほど体験してきた。ほんの少し前までは、女は黙って耐えるしかなかった。いや、今だって基本的には変わりはない。

でも、私は違う——

風呂の中で、危うく叫びそうになる。

私を理事に推薦してくれたのは小山内《おさない》先生だ——先生はすべてをご覧になっておられた——恥じるべきことは何もない——

前医学部長の小山内源壱《げんいち》。皆から一目も二目も置かれていた病理学界の重鎮。

誰に対しても公平に厳しく、公平に優しかった。

事務局に就職したばかりの女性職員など、普通の教授なら眼中にもないところだが、小山内は違った。医師を養成する医大での仕事に誇りを見出《みいだ》し、何事も率先して日夜働く若い事務局員の仕事を正当に評価してくれた。

小山内先生――

恩師の笑顔に涙があふれる。

いけない、長湯しすぎると風邪をひいてしまう――

晴海は慌てて湯から上がった。


神林晴海が統和医大事務局に就職したのは、大学を卒業した二十二歳の春だった。

医学部への進学は挫折したが、医大への就職は新たな希望となった。医師を育てるための手助けをする仕事。それもまた〈人の役に立つ〉立派な仕事ではないか。

事務局に入れる人間はその九割がコネであるとも聞いていたから、まさに望外の幸せと言える。

胸を弾ませ職場へ通勤する毎日が始まった。最初に配属されたのは教務課であった。

しかし、私立医大の現実は、晴海の想像していたものとはだいぶ様相が異なっていた。

違和感を覚えつつも、与えられた仕事には懸命に取り組んだ。

その過程で目の当たりにしたのは、非効率的な事務局のシステムに過大な負担を強いられている事務局員達の疲弊した姿であった。そうした現状に心を痛めていた晴海は、自主的に改革案を作成しようと思い立った。

通常の業務を終え、帰宅してからその作業に取り組んでいると、全体を俯瞰《ふかん》する必要から、事務局のみならず、学内のさまざまな不合理が一層鮮明に見えてきた。

それらを改善するにはどうすればいいのか。

いろいろな案を考えるのは、難しいが楽しかった。これこそが自分の求めていたやりがいだ──そう実感しながら毎晩遅くまで取り組んだ。

具体的な方針としては、一にかかって「無駄な残業を少しでも減らす」ということだ。柱となるのは「ＩＴシステムの一新による作業の効率化」である。だがそれには、大きな障害が立ちはだかっていた。つまり、「ＩＴシステムの一新」を目的通りに進めるためには、納入業者、システム管理会社の選定から見直さねばならないということだ。誰も口にしようとしないが、そこには「利権」というものが厳然として存在する。それを排除しようとするのは龍の逆鱗《げきりん》に触れる行為であると言っていい。その点に最大限の配慮をしつつ、現実的且つ穏健な方法を模索する。

権力者達──それが誰であるのかは想定しない──も納得するような部分をあえて残しつつ、でき得る限り透明化を進める。そしてそれは、権力者達の功績となるようあらかじめ段取りを組んでおく。

もしこれが成功すれば、事務局の仕事の大半を占める各種資料の作成を、現在の二倍に近い速度で進められる。また会議室や教室の効率的な割り振りも可能となる。会議の進行や、教授会や理事会のスケジュール調整も従来より迅速に対応できるようになるだろう。

職員に負担を強いている元凶は他にもある。

例えば、人員の配置について。要するに無駄な分担や役職が多すぎるのだ。これらのいくつかを統合すれば、それだけ効率的に作業を進められるはずだ。

あるいは、明らかに不向きな仕事を与えられている人材を、より適合した部署に配置転換する。

一つ一つは小さな改革かもしれないが、こうしたことの積み重ねにより、事務局職員は苦役とも言うべき無駄な労働から少しは解放されるのではないか——

やがて拙いながらも改革案は完成した。

晴海は当時の事務局長のもとを訪れ、おそるおそる提出しようとした。

しかし当時の事務局長はそれを一顧だにせず、恐ろしい形相で晴海を叱りつけた。

——こんなことをやっている暇があったら仕事をしろ。なんのために給料を払っていると思ってるんだ。

事務局内の自席に戻り、晴海は泣いた。耐えられなかった。このままでは大学は変わらない。辞めようと決意した。

涙を拭って立ち上がろうとしたとき、直属の上司だった係長からいらだたしげに命じられた。

——神林さん、手が空いてるんなら小山内先生のとこにこれ持ってってくれない？　来年度の講義スケジュールの素案なんだけど。

——はい、分かりました。

そう答えた途端、晴海の机に書類の束が乱雑に置かれた。

講義スケジュールは多数いる教授や講師達の予定をすべて聞き取った上で作成するため、各人の都合が一度で合致することはない。複数のプランを用意して、そこから絞り込んでいくのである。この場合、最優先されるのは言うまでもなく医学部長の都合であった。

どこへ行ったのか、係長はすでに退室し姿を消していた。万事において粗雑であったこの人物が投げ出すように置いたため、書類は斜めに滑って机の上に広がっている。

晴海は慌てて書類をかき集め、大型封筒に詰めて医学部長の執務室へと向かった。

折から在室していた小山内教授は、「ご苦労様」と晴海を慰労し、すぐに中身を検め始めた。

一礼して退室しようとすると、「ちょっと」と呼び止められた。

振り返った晴海に差し出されたのは、自分が書いたあの改革案の原稿だった。机の上に置いてあったため、講義スケジュールの書類に交ざってしまったのだ。

——申しわけございません。

平身低頭してわけを話した。大学事務局の運営について自分なりに懸命に考えたこと、勤務中ではなくプライベートの時間を使ってまとめたこと、事務局長に叱責され、やむなく自席に持ち帰ったこと等々。

黙って聞いていた小山内教授は、「そこにかけて待っていてくれないか」とデスクの前のソファを指差した。

怪訝《けげん》に思いながらも腰を下ろした晴海の目の前で、あろうことか教授は晴海の改革案を丹念に読み始めた。まさか慌てて引ったくるわけにもいかない。どんな叱責を浴びることかと、晴海は生きた心地もなく教授が読み終わるのを待つしかなかった。

やがて原稿から顔を上げた老教授は、この上なく優しい微笑みとともに言った。

――実によく考えられている。これは本当に君が考えたのか。

はい、と答えると、教授は深く頷いて、

――しかし客観的な視点がいくつか欠けていることも確かだ。そこを補えばもっと現実的なプランとなって充分検討に値するものとなるだろう。

思わず「一体どういう点が欠けているのでしょうか」と訊いていた。今から思うと、あまりに若く恐いもの知らずであったと言うしかない。

今度は苦笑しながら教授は答えた。

――それは君が自分自身の目で学内をもっとよく見て考えることだ。そうすれば、より深い考察が可能となるはずだよ。君ならできる。どうしても行き詰まったときにはいつでも私の所に来なさい。私でよければ力になろう。

その日から、小山内教授はそれとなく晴海の仕事ぶりを気にかけ、相談にも乗ってくれるようになった。

そして一年後、晴海の改革素案は事務局長から理事会に上げられ、正式な審議を経て承認された。

その改革案の一部は、今も事務局業務進行の骨子として運用されている。

理事会での承認から間もなく、晴海は財務課へ異動となった。係長の待遇だった。午前零時近くに布団に入った。今夜はなぜかしきりと恩師のことが思い出される。晴海は財務課と総務課を渡り歩き、キャリアを重ねた。女を使って老人に取り入った——そんな陰口も散々に叩かれた。だが黙々と仕事を進めるうち、理解してくれる人も着実に増えていった。

そうした人達に助けられ励まされ、いつしか晴海は、医大という教育の場の発展に生涯を捧げる覚悟を定めるに至った。

晴海にも、男性と交際していた時期があった。大学時代にバイト先で知り合った男で、そこそこ有名な企業に就職した。事務局の改革案に必死で取り組んでいたとき、晴海を支え、励ましてくれた一人だった。晴海の努力が実を結んだときは、一緒になって喜んでくれた。この人がそばにいてくれてよかったと心底から思った。

だが彼は次の瞬間、文句のつけようもない笑顔でこう言った。

これで気が済んだね、もう思い残すこともないだろう、僕達、そろそろ結婚しようじゃないか——

彼の誠意は分かっている。真面目で信頼できる男性だ。第一、はにかみながらこうしてちゃんとプロポーズしてくれた。自分にはもったいない男性だと思っていたし、学生時代の友人達がそう陰口を叩いてやっかんでいるのも知っていた。

長い間待たせて悪かったね、いや、待たされたのは僕の方かな、もうどっちでもいいよ、結婚しよう、二人で新しい生活を始めよう——

彼は晴海が職を辞し、家庭に入るのを強く望んだ。と言うより、それが当たり前だと信じて疑ってもいなかった。

晴海が仕事を続けたいと言ったときの、彼の顔は忘れられない。

理解を得ようと懸命に訴えたが、話し合いは平行線を辿り、その間にも彼の愛情は、尽きかけた蠟燭《ろうそく》の炎のように刻々と失われていった。今にして思えば、彼が求めていたのは自分ではなく、「遊んでおらず」「堅実で」「控えめな」良妻賢母となり得る候補であったのかもしれない。

恋人との関係はそれで終わったが、晴海にはすでに新たな家族がいた。統和医大でともに働く仲間達である。

〈家族〉との居場所を作るため、そしてそこを少しでも居心地のいい場所にするため、晴海は無我夢中で働いた。

決して短くはない日々が瞬く間に過ぎていった。

恩師である小山内教授は、惜しまれつつ大学を去った。全身性アミロイドーシスという指定難病を発症したのだ。この病気の患者は、心不全や不整脈といった心臓障害、ネフローゼ症候群や腎不全といった腎臓障害、手足の痺《しび》れや麻痺《まひ》、立ちくらみといった末梢《まっしょう》神経や自律神経の障害、さらには舌、甲状腺、肝臓の腫れが見られることもある。

すでに医学部長を退任して名誉教授の称号を得ていた小山内が、数年前に導入された新研修医制度に揺れる学内を立て直そうとしていた矢先のことであった。

なんでも、長崎国際医科歯科大学《ながさきこくさいいかしか》で医学部長を務める旧友がこの病気の第一人者で、彼の治験を受けるべく長崎に移住するという。病気はかなり進行していたらしく、最後に会ったという人は、教授はすでに死を受け入れようとしている様子であったとも語った。

新研修医制度による数々のストレスが、恩師の病気の遠因になったのだと思わずにはいられなかった。

また晴海は言うに及ばず、多くの人が見舞いに行こうとしたが、それは強く拒否された。現役時代に華々しく活躍した人の例に漏れず、小山内もまた、己の衰えた姿を人に見られたくなかったのだろう。

あれほどの功績を残した偉大な医師でありながら、病気には勝てないものなのか。

晴海はもちろん悲しかった。だがその悲しみも、新研修医制度の施行に伴う混乱の大波に呑み込まれた。

小山内の後任として医学部長となっていた蜂須賀が、新たに副理事長に選出された。やり手の切れ者だと評判であった蜂須賀の手腕に、統和医大グループ経営立て直しの期待が寄せられた恰好だった。そして蜂須賀は入試における男子受験生優遇措置を主導して、その期待に応えてみせた。

大学を去ってからも、小山内は学長や理事長と時折連絡を取り合っていたようである。欠員の出た理事の新任として晴海を強く推薦したのは、他ならぬ小山内名誉教授であった。

その頃晴海は、事務局長補佐の職にあった。女であり事務局員である晴海の理事就任を、理事長も副理事長も前例がないとして渋っているという話が漏れ聞こえてきたが、晴海にとってはすべて別世界で見る蜃気楼《しんきろう》のようでもあり、また長年温めてきた学内改革の理想実現に向けて動き出す好機であるとも感じられた。

さすがに功労者である小山内の意向を無視するわけにもいかなかったのであろう、晴海は理事に任命された。

理事会は予算を握っているので、理事は大学の経営に精通する者である方が好ましい。その点、教務課、財務課、総務課を経験した晴海のキャリアが有利に働いたとも言えた。だがそれも、日頃から自分の仕事ぶりを見ていてくれた小山内教授のおかげである。

布団の中で、晴海は染みの広がった天井を透かし見る。頭は冴える一方で、睡魔はいっかな訪れない。

顧みれば小山内から受けた恩はあまりに大きく、追憶もまた果てしない。

晴海は常にも増して眠れぬ夜を過ごすのだった。

3

翌日から晴海は常務理事としての業務に取りかかった。

要するに隠蔽のための根回しである。

学内各派閥の実力者。引退した元理事。有力なOB医師、研究者。入試の実情を知る関係者に電話して、それとなく〈あのこと〉について口止めする。強引すぎても逆効果だし、下手《したて》に出すぎても足許を見られる。相手が統和医大における現体制の方針に対し、肯定的な見解を持っているとは限らないからだ。

相手がどちら側の人間なのか。それを見分けるのも電話の目的の一つであった。

口止めの依頼に対し、多くを語らずともすぐに察してくれる相手はまず大丈夫だ。

一方で、同意を示しつつもこちらの対応についてあれこれと探りを入れてくる相手は要注意だ。情報を仕入れ、理事会への攻撃材料にしようと考えている可能性がある。

「……そういうわけで、理事会は一丸となって本学の名誉を守ろうと鋭意努力しております」

電話で話しながら相手の反応を見て、晴海は自作した関係者リストの名前の横に印を付けていく。
○は統和医大の味方。×は敵。△は中立的傍観者。□は判別不能。
予期に反して、四つの印はいずれもほぼ同数となった。

口調はあくまで慇懃《いんぎん》に愛想よく話しつつも、晴海は何度も舌打ちしそうになった。

現理事会に対して敵意を隠し持っている者が予想以上に多い。それというのも、ひとえに蜂須賀医学部長の人望のなさが原因と思われた。これは決して晴海の予断や偏見ではない。蜂須賀を嫌う者は、例えば「医学部長の蜂須賀君は、なかなかクセのある男だからねえ」とはっきり言う。

明朗な口調で好感を抱いているように見せかけてはいるが、実際は「そのクセが不快でならない」という意味である。

女子一律減点の不公平な入試を率先して主導している副理事長が、自ら理事会の危機を招いている。本人に教えてやれないのがなんとも歯がゆい。

また反対に、先方からかかってもくる。大抵は各界の有力OBだ。

――報道されている裏口入学の件とは別に何かまずいことはないか。

――最近の理事会はたるんでいるのではないか。そもそも職責を真っ当に果たしているのか。

――私はね、大切な母校を心配しているからこそわざわざ電話しとるんだ。

――君達も大変だとは思うが、伝統ある本学の名誉を守るためにも全力を尽くしてほしい。

言い方は各人各様だが、要するに情報が欲しいのだ。それを自派の勢力拡大のため利用しようという魂胆が透けて見える。今はそうした派閥エゴを優先させていられるような状況ではないというのに。

だがいずれも有力者であるだけに、粗略に扱うわけにもいかない。最大限懇切丁寧に応対せねばならなかった。

晴海は疲労の塊にも似たため息を盛大に吐く。もちろん受話器を置いた後で。

彼らに応対しているだけで、それでなくても喫緊の対策に充てるべき貴重な時間と体力とが削られてしまう。はっきり言って、業務の邪魔でしかない。頭が痛いとはこのことだ。

ひたすらそうした電話をかけ続けていると、さすがに頭が痺れて何も考えられなくなってくる。

　今日はこのくらいにしておこう――

　だが休んではいられない。万に一つの遺漏があれば、そこからすべてが崩壊しかねない。

　事務局から設備課と庶務課の担当者を呼んで、学内のパソコンに入試の資料が残っていないか確認する。

「先日も申しましたが、検察が全部持ってったんで残ってるわけありませんよ」

　設備課の坂元《さかもと》がくたびれ果てた表情で言う。新しいパソコンを調達し、専門業者にシステムを再構築させる仕事に追われているのだ。

　だが疲れているのは彼だけではない。その隣にいる庶務課の佐藤《さとう》も同様だ。事務局の誰もが疲労している。そして他ならぬ自分は、もっとひどい顔をしていることだろう。

「ごめんなさい。疑うわけじゃないんだけど、検察が見逃した個人のスマホにデータが残ってるなんてことはないでしょうね」

「それもないとは思いますが……」

　語尾を濁した坂元に命じる。

「至急再確認をお願いします。遺漏なく徹底してやって下さい」

「しかし、個人のスマホを調べるのは法的にどうなんでしょうか」

　横から佐藤が不安そうに言う。

「事務局のデータを個人の端末に移動させることは内規違反の疑いがあります。それに、事務局の全員が失職するリスクに比べれば、どうということはないと思いますけど」

二人はたちまち震え上がったようだった。

「分かりました。すぐにやります」

急ぎ足で退室していった。

続けて広報の玉置を呼ぶ。

「その後、マスコミの方はどうでしょうか」

「相変わらずです。受話器を置く暇もないくらいで」

自嘲的に笑う。彼の声は、別人のようにしゃがれていた。それだけでずっと喋り通しであったことが分かる。

「日邦新聞の方は」

「何度もかかってきました。そのつど違う奴でね。いろんな角度から訊いてきますが、間違いありません、連中の狙いは〈あのこと〉です」

血の気が引いていく思いがした。

「確証はあるの」

「はい。テレビ、新聞、週刊誌、ウェブサイト、媒体がこれだけある中で、日邦だけが何かのついでを装って〈あのこと〉に触れようとする。厳密に言うと、触れるか触れないかっていうギリギリの線ですけどね。私には偶然とは思えません」

彼が言うのなら間違いないだろう。

「ありがとう。日邦には気をつけるようみんなに改めて周知を徹底して下さいね。それから、日邦新聞以外の別の媒体にも注意して。もし〈あのこと〉について少しでも触れるようなことがあったら、すぐに教えて」

「承知しました」

踵《きびす》を返して玉置がドアに向かう。

晴海は重い疲労に耐えかねて椅子にもたれかかろうとした。が、玉置と入れ違いに入ってきた人物を見て、慌てて背を起こした。

「どうしたの、三浦さん」

入ってきたのは三浦絵美香であった。心なしか、いつもは明るい顔色が青ざめて見える。

「すみません、いきなり入ってきたりして」

「いいのよ、そんなこと。それより、何かあったの」

「はい、実は今日、関東福祉医大《かんとうふくし》で図書館担当者の会合があって、私が代表で出席したんですけど、福祉医大を出たところで新聞記者に声をかけられました」

「どこの新聞?」

「日邦新聞です。女の人で、こんな名刺をもらいました」

絵美香が微かに震える手で名刺を差し出す。

そこに印刷されていた文字を見て、晴海は緊張に身を硬くする。

［日邦新聞東京本社社会部　檜葉菊乃］

檜葉菊乃――

顔を上げて絵美香を見据え、

「この人に何を訊かれたの」

「『統和医大事務局の三浦さんですね』っていきなり話しかけてきたから、『どうして知ってるんですか』って言ったんです。そしたら、『今日こちらの会合にいらっしゃると主催者の方から伺いまして』って。そんなの嘘です。ほんとは課長が出席する予定だったんです。でも課長はぎっくり腰で、急遽《きゅうきょ》私が……」

「つまり、相手はあなたのことをマークしてたってわけね」

「絶対そうに決まってます。だから私、恐くなって……『会議があるんで失礼します』って逃げてきました」

檜葉菊乃という記者はどうして三浦絵美香をマークしていたのか。彼女は入試には関与していない。

もしかして――絵美香の所属する情報課は、図書館の資料を管理する部署で情報ネットワークも担当しているため、入試情報にもアクセスできる立場であると解釈したのか。

あるいは――事務局員の中でも絵美香が自分と親しい関係にあると調べ上げ、それで接触を図ったのか。

おそらくは後者。晴海はそう直感した。

「恐かったでしょうね。その記者は追いかけてこなかった?」

「……と思います。私、すぐにタクシーに乗り込みましたから。それで、神林さんに知らせなきゃと思って、急いでここへ……」

「ありがとう。正しい判断でした」

「あの記者、やっぱり〈あのこと〉を調べてるんでしょうか」

「おそらくは」

するると絵美香は怯《おび》えたように、

「どうするんですか。〈あのこと〉がばれちゃったら。そりゃあ私だって女子差別はひどいと思います。でも医大に勤めてる人なら、そうするしかないって知ってます。だって、何よりも人の命を守るのが大事に決まっているじゃないですか」

「あの人達にとってはそんなこと、どうだっていいのよ。新聞の紙面を埋める特ダネが欲しいだけ」

「そんな……」

絶句する絵美香に、

「しっかりして、三浦さん。ああいう人達はこれからもっともっと寄ってくると思う。もしかしたらあなたの自宅にも来るかもしれない。家に帰ったらちゃんと鍵を掛けて、絶対にドアを開けないで。相手は海千山千の手合いだから。話に応じたりしたら、どんなきっかけから口を割らされるか知れたものじゃない。いい？」

「分かりました。そうします」

絵美香はだいぶ落ち着いたようだった。

「今日は大変だったね。またおかしなことがあったらすぐに私に知らせて」

「はい。ありがとうございます」

絵美香が退室してから、晴海は一人考え込んだ。

仮に檜葉菊乃という女が自分と親しい者に目を付けたとして、一体どうやってそうした人間関係を割り出したのか。

三浦絵美香は友人でもなんでもない。事務局の後輩で、ただ自分を頼りにしてくれているというだけである。

そのとき、晴海はある考えに思い至った。

檜葉菊乃はすでに統和医大事務局の内偵を進めているのではないか。

他社の取材にまぎれ、同じように裏口入学の件について尋ねるふりをして、さりげなく話を理事会とその周辺の人間関係へと持っていく。教員、講師、事務局職員、さらには学生にまで当っているに違いない。彼らはそうと気づかぬうちに、マスコミにとっては貴重な手がかりを話してしまっている可能性が大いにある。

だが、それだと一人では不可能だ。おそらく単独ではない。日邦新聞が総がかりで取り組んでいるのだ。

常務理事として、晴海は最初の正念場が近づいていることを予感した。

4

それから十日あまりが経過した。

蜂須賀医学部長に呼ばれ、〈対策〉の現状を報告させられた晴海は、重い足取りで自身の執務室へと引き揚げた。

日邦新聞が調べにかかっているらしいと告げると、蜂須賀は対策が生温《なまぬる》い、もっとしっかりやれと叱咤してきた。普段から医局で居丈高にふるまっているため、そうした物言いが身についてしまっているのだ。

しっかり何をやれと言うのだ——

具体的な案は何一つこちらに示していない。もし訊き返しでもしたら、「それを考えるのが君の仕事だろう」と当然の如《ごと》くに言われるのがオチだ。

学外の有力者達と同じく、蜂須賀もまたこちらの足を引っ張る障害でしかないのだ。

分かっていたことではあるが、先が思いやられるどころの話ではない。

医学部長室のあるA棟から本部中央棟まで歩き、エレベーターで四階へ。

すると、執務室のドアの前に事務局長の久米井がいらついた様子で立っていた。

「あっ、神林理事」

どうやら自分を待っていたようだ。だが、久米井自らがここに足を運んでくるのは珍しい。いつもなら若い職員を使いに走らせるところだ。

「どうかしましたか」

「神林理事に面会希望者が……こういう人です」

一枚の名刺を差し出してきた。

十日ばかり前に絵美香から見せられたものと同じ、檜葉菊乃の名刺であった。

ついに来たか——

「アポの有無を尋ねましたところ、ないということでしたので、規定通りアポを取ってから出直すようにと伝えたのですが、どうしても本人の意向を確認してほしいと言い張って聞かず……」

「その記者は常務理事に会いたいと言ったのですか。それとも神林晴海に会いたいと言ったのですか」

「はい？」

「よく思い出して教えて下さい」

「最初に取り次いだのは別の職員ですが、私が応対したときは確か『理事の神林さんにお会いしたい』と言ってました」

「最初に応対した職員はあなたにどう伝えましたか」

久米井は首を捻《ひね》りながら、

「『神林さんと面会したいって人が来てるんですけど』……ええ、そうです、そう言ってました。

でも、それがどうかしたんですか」

「いえ、ありがとうございます」

「そんなことより、どうするんですか。私の方で追い返しても構いませんが」

晴海はきっぱりと答えた。

「会いましょう」

事務局長は驚いたような表情で、

「しかし、アポも取ってない新聞記者と安易に会うのは……」

「そのルール違反について抗議するいい機会です。会議室は空いていますか」

「ちょっとお待ち下さい」

久米井が普段から持ち歩いているタブレット端末を取り出し操作する。会議室の使用状況が入力されているのだ。晴海の発案により導入されたシステムの一つである。

「会議室は全部埋まっています。応接室もです。二階の大会議室なら空いていますが」

大会議室は統和医大で最も広い会議室だ。本来ならば二人きりの面談に使うような部屋ではない。

「そこで構いません。お通ししておいて下さい。私もすぐに行きますので」

「承知しました」

どこか不満そうに言い、久米井は大股で歩み去った。

自分のやり方が気に入らないのだろう。しかし、理事と事務局長とでは立場の差がありすぎる。

いかにこちらを嫌っていようと、彼は逆らうことができないのだ。

一旦執務室に入った晴海は、蜂須賀に見せるために用意した資料の束を置き、構内の自販機で買ったペットボトルの水を一口飲んだ。息を整えてからゆっくりともう一口飲む。

大丈夫だ――

ボトルを置いて手鏡を取り出し、丹念にチェックする。人より美しくある必要はない。身ぎれいであれば、そして心の隙がなければそれでいい。

型通りの対応ではおそらく檜葉菊乃は納得しない。まがりなりにも全国紙の日邦新聞を代表して来ているのだ。どこまでも食らいついてくるに違いない。

手鏡を引き出しにしまい、何も持たずに執務室を出た。

エレベーターで二階に降り、大会議室に向かう。二つあるドアの一つをノックしてから中に入った。

「お待たせしました」

端の席に座っていた四十代半ばくらいの女性が間髪《かんはつ》を容《い》れず立ち上がる。

「はじめまして。日邦新聞社会部の檜葉菊乃と申します」

檜葉は男物の財布のように大きな名刺入れから名刺を取り出そうとする。

「お名刺は結構です。すでに何枚も拝見しておりますので」

そう言いつつ、テーブルを大きく回り込んで上座に着く。

名刺を断ったのは、こちらの名刺を渡さないための方便でもある。

檜葉は「そうですか」と低く呟き、素直に腰を下ろした。

大会議室の広い空間は、晴海と来客との間に茫漠《ぼうばく》とした距離と段差とをもたらしている。

これくらいでちょうどいい――ここしか空いていなかったのは僥倖だった――

この場でマスコミの追及を食い止める。檜葉菊乃は自ら望んでマスコミの象徴となったのだ。

「ご用件を伺いましょう」

「本日は急にお伺いして申しわけありませんでした。ご厚意に感謝します。まずお尋ねしたいのは、神林さんは常務理事として入試における――」

「お待ち下さい」

鋭く発して制止する。

「私は確かに本学の理事ですが、常務理事に就任したのはごく最近で、まだ学外に公表されていないはずです。なのにあなたはどうしてそれをご存じなのですか」

檜葉は黙った。先制攻撃が効いたのだ。久米井の話からは、檜葉がそのことを知っているのかどうか確信を持てなかったが、この女は迂闊《うかつ》にも自ら教えてくれた。こちらの意表を衝くつもりで前置きなしに本題を繰り出したところが、カウンターを食らった恰好だ。自ら墓穴を掘ったとも言える。

「最初に応対して下さった方が『常務理事の神林ですね？』と訊き返されたので、あ、そうなんだと思いまして」

「変ですね。他校は知りませんが、本学では理事と呼ぶことはあっても、わざわざ常務理事と呼ぶことはないはずです」

「でも、そうおっしゃってたとしか私には言いようがありませんので」

「それに今のご質問の切り出し方だと、常務理事としての私に用があっておいでになった、つまりあらかじめ常務理事であることを知っていたとしか思えませんけど」

「失礼ですが、考えすぎなんじゃないですか。少なくとも私はそこまで考えてませんでした。誤解を与えたようでしたら謝ります」

相手は瞬時に態勢を立て直し、開き直った。

「ではこちらの考えを申しましょう。あなたと日邦新聞社は本学の教職員に接触してその情報を得た。だから私を名指しで会いに来た。違いますか」

檜葉は無言でこちらを凝視している。予想外の対応に、どう反応すべきか必死に模索しているのだろう。

ここで考える隙を与えてはならない。晴海は一気に畳みかける。

「私はあなたの名刺を何枚も見たと申しましたね。実際にあなたからそれを手渡された本学の職員複数名から報告を受けています。あなたもそれを承知の上で乗り込んできた。だから私が名刺は要らないと言ったとき、怪訝そうな様子もなく納得していた」

厳密には「職員複数名」というのは正確ではないが、ここはそれくらいのハッタリを盛り込むくらいでちょうどいい。

「この際はっきりと申し上げます。先日報道された裏口入学の件で学生の間にも動揺が広がっています。学長並びに理事長が在宅起訴されるに至った社会的責任は痛感しており、今後信頼回復に努める所存であることは公式にご報告申し上げた通りでありますが、学生に責任はありません。これ以上学問の場を騒がすことのないよう、学生を含む本学関係者への接触は固くお断りします」

「私の名刺について把握されていることを承知で参ったのは事実です」

檜葉がおもむろに口を開いた。

「それはつまり、私が何について調べようとしているか、神林さん、あなたが把握しているという前提です。ええ、常務理事に就任なされたということも、貴学関係者への取材で知りました。それも私には都合がよかった。なぜなら、私は最初からあなたに取材を申し込むつもりでいたからです。でもいざ申し込んでみたら『担当窓口の常務理事はこの人だから』と違う人のところへ案内される可能性があった。それがなくなったというだけでも大助かりです」

意外な逆襲であった。

この女は一体何を言おうとしているのか――

「まったく分かりませんね、檜葉さん」

「何がです？」

「今のお話からすると、もともと私を指名するつもりであったということですよね」

「そうです」

「私は確かに入試にも関わっています。でもそれは私だけじゃない。もっと深く関わっている理事が何人もいます。なのになぜ私だったのか。偶然だなんて言わないで下さいね。それは私が常務理事に任命されたからとしか考えられないじゃありませんか」

「違います」

静かに、そして決然と檜葉は否定した。

訊いてはならない――直感がそう告げている。

しかし訊かずにはいられなかった。

「ではどうして私なのですか」

「あなたが事務局の出身だったからです」

最も恐れていた答えが返ってきた。

「医大の理事って、普通は教授、それも学部長や病院長、センター長クラスで占められてるんですってね。もしくは学外からの天下り。ともかく医師がほとんどで、事務局から理事に抜擢されるなんて、普通ではほとんど考えられないと聞きました。なのにあなたは極めて珍しいパターンだった。俄然興味を惹《ひ》かれまして、それで調べてみたんです」

今度は晴海の方が黙り込む番だった。

「教務課を振り出しに、あなたは財務課、総務課と、理事就任に必要な経験を積んでいる。立派なキャリアです。それが評価されたのでしょう。実際あなたは、事務局員として多大な実績を上げている。何より、そんなあなたを慕う人達のなんと多いことか。ええ、もう否定はしません。私は多くの人の口からあなたへの賛辞を直接聞きました。そういう人達があなたの理事就任を後押ししたことは疑いを容れません」

そこで檜葉は、なぜか痛ましげな息をつき、

「これは私が女だから言えることで、男性には想像もできないだろうと思うのですが、いくら周囲から支持され、成果を上げていたとしても、女が偉い立場に就任するとなると話は別です。それを快く思わない男は必ずいる。本人は正論を吐いているつもりで、なんだかんだと難癖をつけては足を引っ張ろうとする。どんな世界でもそれだけは変わらない。いわゆる〈ガラスの天井〉ですね。失礼ながら、貴学も同じであったと思います」

深い実感を伴ったその言葉。遠く離れた席にいる檜葉という女もまた、そうした不条理な差別を被ってきたのだろうと感得する。

「なのにあなたは、それをはね除《の》けて戦ってきた。つらかったろうと思います。苦しかったろうと思います。いいえ、今も戦っているはずです。年齢に関係なく、男は女が仕事に専念しようとするのを認められないからです」

これまで受けてきた屈辱の数々が甦る。

体型を笑われ、容貌を誹《そし》られ、色気がないと嘲られた。そうかと言ってメイクやコーディネートに力を入れると、今度は「女を使っている」ともっと露骨な言葉で非難された。

あろうことか、知性の砦たるべき大学でだ。

檜葉の言葉は大会議室内の無窮とも紛《まご》う距離を飛び越えて、一語一語が晴海の胸を貫いた。

檜葉菊乃という女が日邦新聞でどの程度の地位にいるのか晴海は知らない。しかし今、彼女は

間違いなく自身の経験を語っている。

押し寄せる真実の波動に、我知らず押し流されそうになる。

いけない、私は――

「私は確かに事務局の出身です。しかしあなたが何をおっしゃろうとしているのか、意味が分かりません。私は本学学生と職員の安全のため、取材活動を自粛して頂けるよう求めているのです。それに対するご返答をお願いします」

「はっきりと申し上げましょう。こちらが訊きたいのは、入試での女子学生に対する差別のことです」

やはり〈それ〉か――

建前の要求に対し返答を求めた途端、檜葉は一転して話題を本筋に切り替えた。

情だけの女ではない。頭の切れも抜群だ。

「ご覧下さい」

檜葉は足許に置いてあったバッグから書類の束をつかみ出し、テーブルの上に広げた。

「全部公表されているデータです。国公立を含む全国の医大医学部のほとんどで、男子の合格率が女子のそれを圧倒的に上回っている。医学部だけですよ、こんなの。絶対に偶然とは思えません。誰が見ても不正は一目瞭然です」

「それで」

「証言者がいます。私立医大の入試で、男子受験生への加点、もしくは女子受験生への減点が一律に行なわれていると。これをどう思われますか」

「どなたの証言かは存じませんが、そういうことならその方に取材すればいいじゃないですか。わざわざ本学にお越しになった意味が分かりません」

「意味ですか。それはあなたなんですよ、神林さん」

菊乃の言葉が再び憂愁の衣をまとう。

「どこの大学に取材しても、おそらく返答は同じでしょう。そうですよね。こんなこと、誰だって認められるわけがない。でも、あなたは違う。事務局から理事になった人なんて他にいない。証言してくれる人が大学側の、しかも直接の担当者の中にもしいるとすれば、それはあなたしかいない」

「それだけですか」

「こんなこと、いつかは露見するに決まってます。知ってる人は知ってるんです。一旦世間に知られたら、貴学はもちろん、無傷でいられる私立医大なんてごく一部でしょう。だったら……神林さん、あなたは分かっているはずです。全国の女子受験生がどんな思いで勉強に取り組んでいるか」

「世間話をしませんか」

晴海は努めて鷹揚《おうよう》に切り出した。

「いろいろお調べになってこられたのだと拝察しますが、医局制度はご存じですか」

「はい」

「昔から大学病院を支配してきた医局制度には多くの弊害もありましたし、内外からの批判もありました。そのため、今世紀になってから新研修医制度が施行されたわけですが、これにより、大学病院は系列下の地方病院に医師を供給する体力を失いました。それは地方の医療崩壊に直結しています」

晴海は私立医大の抱えるジレンマについて丁寧に、且つ率直に説明した。

それを遮る様子も見せず、檜葉は頷きながら聞き入っているが、その程度の知識は先刻取材済みであろうということが伝わってきた。

「……まあ、世の中には私達の手に余る不合理な問題がいかに多いかという話ですね」

「ありがとうございました。今の世間話、とても参考になりました」

「それは何よりです」

「しつこいようですが、その上で再度お願いします。神林さん、あなたや多くの女性が受けてきた不条理な差別をどうかこれ以上繰り返さないで下さい。知っていながらそれを見過ごすのは、差別に加担するに等しい罪悪です。ましてや、それを自分の手で実行するなんて……神林さんだって、好きこのんでこんなことに手を染めているわけじゃないでしょう。私はあなたならきっと分かってくれると信じています」

「それがあなたの世間話ですか」

檜葉が再度沈黙した。敗北を悟った顔だった。

「とても面白かったですよ。それで先ほどのお願いですが、承知して頂けますか」

「そのお答えなら今申し上げました。知っていながらそれを見過ごすのは罪悪です。ましてや私達は、公正な報道を担う新聞社です。申しわけありませんが、そのご要望に応じるわけには参りません」

「そうですか。でしたらどうぞご自由に。ただし本学としてはこれ以上の協力はできません。万一あなたや御社の関係者が本学構内に立ち入るようなことがあれば、ただちに警察に通報します。これは単なる警告ではありませんよ」

「分かりました。今日はお時間を割いて頂き、ありがとうございました」

広げた書類を手早く片づけた檜葉は、大きなバッグを肩に掛けて立ち上がる。

「ご忠告に従い、ウチは独自に取材を進めることに致します。それでは失礼します」

わざとらしいまでに深く頭を下げ、檜葉は退室していった。

一人残された晴海は、頭の中で檜葉との会話を最初から最後まで再生する。

こちらから言うべきことは言ったし、相手の話も聞いた。

言質《げんち》を取られるようなことは口にしていない。〈世間話〉はしたが、たとえ録音されていたとしても問題ないようなことばかりだ。

そして――檜葉と日邦新聞が記事を掲載できるほどの強力な証人を握っていないことも分かった。

晴海の知る限りにおいて、私立医大の入試担当者でそんなことを証言しようという者が今後も現われるとは思えない。

統和医大の証拠書類は検察が押収して残っていないし、その検察も一向に動く気配はない。検察が手がけるべき事案かどうか、判断に苦慮しているのだろう。こういう場合、得てして検察は動かないものであるということを、晴海は大学経営を巡るさまざまな訴訟に関わった経験から熟知していた。

つまりは、檜葉にはもう打つ手はないということだ。

だが気になるのは檜葉の顔だった。

今日の敗北は認めているが、明日には必ず勝利すると信じて疑わない——大会議室を出ていくとき、彼女は明らかにそんな顔をしていた。少なくとも晴海にはそう見えた。

あの記者はきっとまたやってくる——

理屈ではない感覚がうるさいまでに告げている。

晴海は自分が容易ならざる敵に出会ったことを理解していた。

III
第二の対決

1

完敗であった。

身も心も打ちひしがれ、統和医大を悄然と後にした菊乃は、地下鉄昇降口の手前で立ち止まり、予定通りスマホで相模に発信した。

〈どうだった〉

すぐに応答した相模は、ごく簡潔に訊いてきた。

こちらも端的に答える。

「ダメでした」

その結果を予期していたのであろう、間髪を容れず相模は告げた。

〈社会部長が本社で待ってる。おまえは本社に回って直接部長に報告しろ。俺達にはその後でいい。帝国ホテルで待機してる〉

「え……あっ」

こちらの返答を待たずに電話は切られた。それだけでも状況のまずさがこの上なく伝わってくる。

ため息をついてスマホをしまい、菊乃は昇降口から地下へと下りた。この長い階段がいっそ地獄へ続いていてくれたらと、ほんの少しだけ願いながら。

自動改札を通り、階段を下り、ホームに立つ。地下鉄が来るのを待ち、ホームドアと車輛のドアが開くのを待ち、車内へと乗り込む。

その間、ずっと考える。

特別取材班の成果と自分の取材ノートを突き合わせて検討し、菊乃は統和医大理事の一人である神林晴海に目を付けた。

彼女にはさまざまな条件が揃っていた。

主流派であり、入試に直接関わる担当者であること。

理事会の中でも数少ない女性であること。

医師ではなく、また外部からの天下りでもなく、統和医大事務局の出身であること。

中でも大きいのは、やはり「女性である」ということだ。

証言してくれる理事がいるとすれば、彼女しかいない——

そう確信した菊乃は、すぐさま神林に関する取材に焦点を絞った。主流派の理事である彼女が証言してくれれば、記事は間違いなく掲載できる。

やがて判明した晴海の経歴は、菊乃の確信をいよいよ強固なものとした。

その結果を会議の席上で特別取材班の全員に報告し、熱弁を振るった。

――事務局から理事に抜擢されるというのは、あの世界では異例中の異例と言ってもいいくらい珍しいケースだそうです。それだけに神林晴海は、抜擢されるに足る数々の実績を上げ、今も学内の改革に取り組んでいます。人望も厚く、多くの職員から慕われています。単に勤勉な努力家であるのみならず、常に理想を実現しようとする、尊敬に値する人物と言えます。こんな人、他にいません。この人なら、差別入試がいかに問題であるか、きっと分かってくれるはずです。

菊乃の意見は特別取材班の記者達を動かし、社会部長の承認を得た。

自分の熱弁が効いたというより、「他に証言する可能性のある者はいない」という点に同意してくれただけかもしれなかったが、それでも菊乃は満足だった。なんにせよ、突破口を見出せたのだから。手詰まりだったこれまでの状態と比べると大いなる前進だ。

特別取材班は総力を挙げ、神林晴海の徹底取材に動いた。言わば神林包囲網である。菊乃はその先頭に立って奔走した。

調べれば調べるほど、神林の人物像は菊乃の分析通りであることが判明し、一部の懐疑的であった記者をも奮い立たせた。

幸運であったのは、神林が〈某重大事案〉担当常務理事に選任されたことだ。その事実をつかんだ特別取材班は、運命の流れが自分達の方へ傾きつつあることを一様に悟った。

そして最終段階に入った会議において、最後の問題となったのは、「誰がどういうタイミングで神林理事本人に取材するか」ということであった。

本人に直接当たり、証言を引き出す。言うまでもなく最も重要な任務である。タイミング、切り出し方、話術、説得力、交渉力。そして人間力。どれが欠けていても致命的なミスとなりかねない。一つ誤ればこれまで積み重ねてきた努力のすべてが崩壊してしまうのだ。ひいては記事の掲載も、いや、問題の事件化そのものも幻となって消えてしまう可能性すらある。

さまざまな案が検討された。その中で、菊乃はためらうことなく自らによる単独での取材を申し出たのである。

反対する者もいた。一笑に付す者もいた。女は引っ込んでろ、という声すら聞こえた。

しかし菊乃は怯《ひる》まなかった。

女は引っ込んでろ、ですか――そんな考えで、女子への差別を追及できますか――神林理事は決して甘い相手ではありません、きっとすべて見透かされます――そうなったら、もう証言どころじゃなくなりますよ――相手は女性ですから、ここは男性より女性が行くのが最善であると考えます――

そうしたことを言ったように思う。

その結果、捨て身とも言える菊乃の提案が採用された。少なくとも堀江デスクは賛意を示し、東海林社会部長は承認してくれた。

かくして特別取材班全員が注視する中、菊乃は単身統和医大へ乗り込んだ。

そしてこれ以上はないくらい見事なまでに玉砕した。

もちろんできる限りの準備はしていた。

［三回同じ質問をすると、三回目に少し違った答えが返ってくることがある。そこを逃さずに突っ込む］
［二時間同じ質問を続けると、根負けして真実を話してくれるケースが少なくない］
いずれも記者の基本的なノウハウ、心得である。
今回は被取材者が女性であるため、
［女の方が相手からネタを取りやすい］
という記者特有の経験則が通用しないことは言《げん》を俟《ま》たない。そもそも、そんな経験則は肝心の取材理念に反している。
そうした伝統的とも言える記者心得を何度も頭の中で反芻し、必勝の心構えで取材に臨んだつもりであったのに、それらを生かす隙など敵は一瞬たりとも見せなかった。
神林晴海を誰よりも甘く見ていたのは、他でもない、この自分であったのだ。
自分はあまりに楽観的で、無策であった。これという武器さえ持たず、愚かにも強大な敵の前に裸同然で飛び出した。
思い出すだけでも肌がざわめく。
あの気迫。あの胆力。実に恐るべき強敵だった。
女でありながら、しかも事務方でありながら、数々の理不尽な差別による不利を乗り越えて、理事に抜擢されただけのことはある。自分とは潜ってきた修羅場の数が違うと思い知った。
地下鉄が日本橋駅に着いた。菊乃は軽快とは言い難い足取りで階段を上り、日邦新聞本社に向かう。

東海林社会部長は小会議室で待っていた。同席しているのは堀江デスクだけである。室内は深海のように静まり返り、息苦しいまでの圧力がのしかかっていた。

「失礼します」

末席に座ろうとした菊乃に、東海林が厳しい声で言う。

「もっとこっちに座れ」

「はい」

椅子を戻して東海林の近くに移動する。

「結果は聞いてる。詳しく報告しろ」

「はい」

菊乃は神林理事とのやりとりをできる限り正確に伝えた。

社会部長もデスクも、一言も発することなく無言で聞いている。

「……以上です。私の力が足りず、申しわけありません」

「おまえの力不足は最初から分かってる」

ぶっきらぼうに言い、東海林は考え込むように腕を組む。

「神林晴海とかいう女、こりゃあ、思っていた以上に手強《てごわ》いな」

「どうします部長、方針を転換するか、それともこのネタから手を引きますか」

堀江が東海林に尋ねる。

「うーん……」

東海林は熟考しているようだ。しかし決断は早い。またそうでなければ新聞社の社会部長など到底務まらない。

「特別取材班まで編成して、今さら退《ひ》くわけにもいかんだろう。続行だ。ただし方針は転換する。具体的には取材対象の変更」

そして脂ぎった大きな顔を菊乃に向け、

「檜葉、これはおまえを信じた俺の責任でもある。どっちにせよ、おまえは一旦チームから外れろ。取材班の連中も黙ってないだろうしな」

「待って下さい、失敗したのは確かに私の責任です。しかし神林は」

「神林がなんだってんだ？　証言するとしたらやっぱりこいつしかいないとでも言うつもりか」

「その通りです。なので私はどうしても――」

「いいかげんにしろっ」

東海林は大声で一喝した。

「それが浅知恵だってんだ。少しは成長してるかと思えば、おまえ、静岡支局の頃から全然変わってねえな。結果を出そうと焦りやがって、挙句の果てがこのざまだ」

それまで装っていた表面上の温厚さをかなぐり捨て、東海林は怒りを露《あら》わにした。

浅知恵。わざわざそんな言葉を使ったところを見ると、本当は「女の浅知恵」と言いたかったに違いない。

「部長、ご再考をお願いします。この失態は必ず――」

「もういいっ。堀江、さっさとこのバカをつまみ出せっ」

「はいっ」

立ち上がった堀江が、なおも食い下がろうとする菊乃の前に立ちふさがった。

「退《ど》いて下さい、デスク」

「あきらめるんだ、檜葉。ここはおとなしくしてろ」

「そんなっ」

「さあ、いいから行くぞ」

堀江に促される形で退室する。

廊下はいつの間にか詰めかけていた特別取材班の面々で埋まっていた。

「みんな、退《ど》いてくれ。おい、そこを空《あ》けてくれ」

堀江の命令で記者達が左右に分かれる。

取材の結果はすでに伝わっているようだ。全員が憤怒《ふんぬ》の形相で菊乃を睨んでいる。

「せっかくの取材が台無しだ」「出しゃばりやがってよ」「男女平等ってなんだろな」「さあ、知らないねえ」

そんな罵声や嘲笑が飛んできた。いずれも今日の常識からすると考えられない、時代錯誤の極みのような言い種《ぐさ》だった。しかし、これが社会の木鐸《ぼくたく》と自負する新聞社の偽らざる実態なのだ。

修羅場だからこそ露わとなった本質なのだ。

小会議室に雪崩《なだ》れ込んだ記者達が、社会部長に今後の指示を仰ぐ声が背後から聞こえてくる。悔し涙を流す思いで、菊乃は堀江に従って進むしかなかった。

エレベーターホールまで来て、堀江はようやく菊乃を放した。

「おまえの気持ちは分かる。だが失敗は失敗だし、俺達は部長の命令に従って動く兵隊だ。それが日邦の、いや全新聞社のシステムだ。分かるな」

「はい……」

堀江はエレベーターのホールボタンを押し、

「とにかく帰って一旦頭を冷やせ。それから改めて話そう。いいな」

「はい」

「よし。今日はゆっくり休めよ。じゃあな」

小会議室の方へ早足で引き返しかけた堀江を、菊乃は後ろから呼び止めた。

「デスク」

「なんだ」

振り返った堀江に、勢いのまま問いを投げかける。

「デスクもそう思ってるんですか」

「何を」

「私が女だから失敗したって」

一瞬、堀江は黙り込んだ。次いで菊乃を見つめたままゆっくりと答える。

「分からん」

「正直に言って下さい」

「言ってるよ、分からないって。だけど、一つだけはっきりしていることがある。俺がおまえの単独取材に賛成したのは、『女のことは女に任せてほしい』というおまえの意見を受け入れたからだ。『女だから』と言って大事な役目を手にした者が、同じことを言われて怒るのは筋違いじゃないか」

一言もないとはこのことだった。

おとなしそうな外見にもかかわらず、堀江は上司に忠実である一方で、ときに遠慮なく正論を吐くことでも知られている。それは場合に応じて社に対する批判にも聞こえたり、また迎合にも聞こえたりする。そのバランス感覚を評価する者もいれば、警戒する者もいる。要するに「本音が見えない」在り方が堀江の真骨頂だった。そんな彼であるからこそ、「新聞社社会部」という典型的男社会の旧弊な職能集団を巧妙に掌握できているとも言えた。

現に今、堀江はどこまでも中立であり、論理的だ。そして何より〈フェア〉でいてくれる。だがそれゆえに、彼のレトリックに潜む欺瞞に反論できない。

エレベーターのドアが開いた。

「早く乗れ」

そう言って堀江は二度と振り返らずに去った。

その背中を虚ろに見送り、のろのろとエレベーターに乗り込もうとした菊乃の眼前で、エレベーターのドアが閉ざされた。そして無機的に降下する音が自分を嗤《わら》うように遠ざかっていく。

一人その場に残された菊乃は、ありったけの語彙を駆使して己を罵りながらホールボタンを連打した。


堀江には帰って休めと言われたが、相模らへの報告が残っている。

帝国ホテルのラウンジに直行すると、テーブル席で相模、和藤、甲斐田、西森が待っていた。

全員が険しい顔をしているのは覚悟していたが、それにしても気の滅入《めい》る光景である。

「お待たせしました」

着席した菊乃は、飲む気のないコーヒーを注文してから、東海林と堀江にしたのと同じ話を繰り返した。

話し終えても、四人は黙ったままだった。

グラスに残っていたオレンジジュースを飲み干した相模が、「まあ、あれだよな」と切り出した。

「檜葉はよくやったよ。女にしちゃあ」

女にしちゃあ？

もはや限界だった。抗議しようとして口を開きかけたとき、最も若い西森が言った。

「キャップ、その言い方はマズいんじゃないですか」

「なんだよ、何がマズいってんだよ。俺は檜葉を叱ったんじゃないだろ。褒めたんだろ。おまえ、何を聞いてたんだよ」

　相模が西森を睨みつける。

「いや、ですからポリコレ的に……」

「分かってるよ、それくらい。でもおまえだって思っただろ？　それともなんだ、今日までの努力をぶち壊されて何も感じなかったとでも言うつもりか」

「思うのと口にするのとは別ですよ」

「聞いたかよ」

　相模は全員を見回して、

「こいつ、心の中では思ってんだってさ」

「えっ、ちょっと、そんな……」

　狼狽《ろうばい》する西森をかばうように甲斐田が割って入る。

「いくらなんでも今のは言いすぎだと思いますよ」

「言いすぎか。じゃあもっと言ってやる。俺はな、差別の本質を衝いたんだよ、今」

　甲斐田も西森も黙り込む。もちろん菊乃もだ。

「もっとも、そんなつもりはなかったけどな。俺、学者でも評論家でもなんでもねえし。けど、おまえらの反応を見てそうだと分かった。いや、差別の本質なんて言うとやっぱ言いすぎかな。第一偉そうだし。うーん、なんて言えばいいのかな……」

　言い淀んだ相模の言葉を引き取るように、それまで黙っていた和藤が口を開いた。

「キャップの言ってること、分かるような気がします。オレだってうまく言えませんが、一つだけ言えるのは、それって、オレの心にも確実にあるってことですよ。この歳までブン屋やってて、今さらいい人ぶろうなんて思いません。思ってるんですよ、オレは、確かに。それを口にするかしないかなんて、実は大した違いじゃない。要は人間である限り、差別はなくならないってことです」

和藤の〈事情〉については相模から聞かされている。あの話が事実だとすると、彼は新聞社という男性優位的な環境に適応すると同時に、妻の才能を認め尊重できる人物だ。そのためにかえって記者を辞めた妻に対する負い目と、屈折した劣等感を抱え込んでいる。ある意味、彼もまたマチズモとフェミニズムの狭間《はざま》で苦しむ被害者であると言えるかもしれない。

ともあれ、彼の背負っているものがなんであろうと、「口にしないだけで心の中では差別している」という意味のことを明言されて黙っているわけにいかない。

「それは問題発言なんじゃないですか」

憤然として言い返そうとした菊乃を遮るように、和藤は意外にも温和な口調で続けた。

「分かってる。まあ聞いてくれよ。今回の取材はさ、そもそも女子学生への差別を暴こうって企画なんだろ。じゃあその差別が生まれたのはなんでなのか。理由はあんたがこれまで調べてきた通りだと思う。正直言って、あんまり認めたくはないけどな」

和藤の上目遣いにはコンプレックスが覗いているが、その眼光はどこまでも理知的で、また新聞記者特有の熱を孕《はら》んだものだった。

「医局制度の崩壊とかいろいろあるけど、一つだけ挙げるとすれば男と女の体力の違いだ。これは生物学的な問題だからどうしようもない。それゆえ今まで社会のシステムは男の優位にできていた。オレもキャップもいい歳なんで、その発想や習慣から抜けられねえんだ。でも、だからといって男が最初から優位のままでいいわけない。それをどうにかしようって話だろ、なあ檜葉さん」

頭の中で和藤の言葉を反芻し、吟味する。

「……その通りです」

「オレ達も分かっているから話に乗った。他の連中だってそうだろう。でもブン屋だからさ、アタマに来ればどうしても口に出る。あんた、本社じゃもっとひどいこと言われたんじゃないか」

浅知恵——このバカ——男女平等ってなんだろな——

「……その通りです」

事実であるから、間抜けに見えても同じ返答を繰り返さざるを得ない。

「だろ。連中もやっぱり思ってるんだよ。でもみんなこの取材に意義を感じたからこそ命を懸けて取材してるんだ」

「だから差別的言動が許されるとおっしゃるんですか。このスクープは差別の告発だからこそ、私達はむしろ——」

「いや、許してくれなんて言うつもりはない。弁解でもない。むしろ開き直りかな」

「開き直り、ですか」

和藤はいよいよ意外なことを言い出した。

「つまりさ、人間どこまで行っても差別はあるんだよ。でもそれを受け入れるのと、なんとかしようとするのは別だ。ここはキャップと考えが違ってて、どちらかというとオレは西森の方に近い。心の中にあってもいい、だけどそれを言っちゃあおしまいよってこった」

「俺だってそういうことを言おうと思ったんだよ」

ブツブツとこぼす相模に、甲斐田が突っ込む。

「え、キャップの言ってたのはその正反対でしょ」

「だからさ、俺は檜葉を褒めただけなんだよ」

「話がもとに戻ってますよ」

いつになく容赦ない甲斐田の突っ込みに、西森と和藤が噴き出した。

今はこうして笑っているが、和藤の複雑な内心を考えると、菊乃には彼の発言――もっと言えばこの問題に対する彼の態度――が一層の重みを持って感じられた。

「皆さんのお考えは分かりました。完全に納得したわけではありませんけど」

そう言ってから、菊乃は自分の立場を思い出す。

「すみません。私が失敗したという事実に違いはないですね」

「それはしょうがない。要するにさ、世の中には男がいて女がいて、いろんなのもいて、お互いにいろいろ思ってる。思ってるけど、それが人格や人権の否定にならないよう、なんとか折り合いをつけていくしかないってことだよ」

相模の発言に、西森が感心したように、

「キャップ、なんだかうまいことまとめましたね」

「バカ野郎、おまえは黙ってろ」

西森を大仰に叱りつけ、相模は菊乃に向き直った。

「部長はともかく、デスクは一旦頭を冷やせと言ったんだよな」

「はい」

「じゃあまだ望みはある。俺達も休むからおまえも帰ってゆっくり休め。男女平等だ」

「あの、私は外れるんじゃないんですか。だって部長が――」

「望みがあるんなら期待してもいいだろう。これはおまえの拾ったネタで、俺達の始めた仕事なんだ。俺達にだって意地ってもんがある。男女平等に」

「そこ、男女平等は関係ないですよ」

最後にまたも甲斐田が突っ込んだ。

2

帝国ホテルを出て帰途に就いた菊乃は、地下鉄に揺られながら、和藤の発言についてとりとめもなく考えを巡らせた。

——人間どこまで行っても差別はあるんだよ。でもそれを受け入れるのと、なんとかしようとするのは別だ。

彼の言った通りであると思う。

人間とは差別する生き物だ。誰であろうと例外はない。自分であっても、和藤であっても、そして神林晴海であっても。

そもそも人間とは、この世に生まれたときから平等ではあり得ない。国籍も、人種も、性別も、容姿も、才能も、みな自分では選べないからだ。だからこそ、人は公正、公平を希求するのではないか。

男女差別。人種差別。その他ありとあらゆる種類の差別。気づかぬうちに、また無自覚的に差別している。仮に「自分はいかなる差別もしていない」と本気で主張する人物がいたとするなら、その者こそが最も質《たち》の悪い差別者だ。

大切なのは、自身がそれを認められるかどうかだ。その上で、どうすれば差別をなくせるのか、問題と常に向き合い続けることなのだ。

地底の闇を進んでいた地下鉄が、人工の明かりに包まれた千駄木駅に着いた。何人かの乗客達に交じって降車した菊乃は、地上に出て自宅マンションの方へと疲れきった足を進める。

「ただいま」

返事がない。帰宅した菊乃は、不安を覚えながらダイニングキッチンを覗いた。

麻衣子はパジャマ姿でテーブルに突っ伏して眠っていた。顔の下に本がある。参考書ではない、一般書のようだ。珍しく本を読みながら眠ってしまったらしい。

「起きなさい、麻衣子。寝るんならちゃんとベッドで寝なきゃ」

「……あ、おかえりなさい」

肩を軽く揺すると、麻衣子はまぶしげに目を開いた。

「ごめんなさい、今夜はご飯作ってなかった」

「いいよ、そんなの。それより、あんたはちゃんと食べたの？」

「うん、医究ゼミの帰りにお蕎麦《そば》屋さんに寄っちゃった。天丼セットを頼んだの。おいしかった。おかわりしたかったくらい」

育ち盛りの娘らしい話に、菊乃はふっと微笑んで、

「じゃあ大丈夫ね。今夜は早く寝なさい」

「でも、お母さんはどうするの、晩ご飯」

「心配しないで。買い置きの冷凍食品でも食べるから」

「冷凍食品ばっかだと健康に悪いよ」

いつもながら、どちらが母親なのか分からない。菊乃は苦笑しながら娘を促す。

「さあ、風邪ひかないうちに寝てちょうだい」

「うん、おやすみなさい」

「おやすみ」

麻衣子は読みかけの本をつかんで立ち上がり、自室へと去った。白い装幀《そうてい》がちらりと見えたが、

なんの本かは分からなかった。

パジャマの背中を見送って、菊乃は冷蔵庫を開ける。

冷凍室の隅にあった冷凍チャーハンを引っ張り出し、中身を皿に盛ってからラップを掛け、電子レンジに入れる。

洗面台で顔を洗っている間に電子レンジがチンと鳴った。

顔を拭き、室内着に着替えてダイニングテーブルに向かう。自分が学生だった頃に比べると、冷凍食品はずいぶん味が向上した。しかし昨今の値上げのせいで、具材の分量はかなり減っている。

嫌な世の中だ――

そんなことを考えながら冷凍チャーハンを口に運んでいると、今日一日の出来事を自ずと考えてしまう。

神林晴海との対決。

東海林社会部長からの叱責。

特別取材班の仲間からの罵倒。

さらに、相模達P担との会話。

相模と和藤も、西森と甲斐田も、自分を応援してくれているということは分かった。しかし同時に、彼らもまた女性に対する差別意識を持っている。

相模の言った通り、これからもそうした意識や価値観と折り合いをつけて生きていくしかないのだろうか。

　分からない――

　当然だ。自分如きが考えて分かるくらいなら、世の中から女性差別はとっくの昔に消えている。堀江や相模に言われた通り、今は疲弊しきった心身を休めるしかない。そして次の手を考えるのだ。

　神林晴海ならきっとそうする。あの人ならきっと。彼女はもっと深刻な挫折に打ちのめされてきたに違いない。それでもそのつど立ち上がってきたに違いない。そう思えるような強靭《きょうじん》さを神林晴海は持っていた。

　負けられない――

　冷凍チャーハンを頬張りながらそう思う。

　あの人にだけは負けたくない――

　チャーハンを食べ終えた菊乃は、食器を洗い、テーブルを拭く。炊飯器に洗った米と水を入れ、タイマーをセットする。それから浴室に行き、追い焚《だ》きのスイッチを押して風呂を使う。

　浴室内の鏡に映った己の顔と身体を見て、歳を取ったとつくづく思う。若い頃に比べ、セクハラを受ける頻度は確かに減った。だがそれは喜ぶべきことなのか、それとも悲しむべきことなのか。

　正解はおそらくない。人によって考え方、感じ方は違っている。違うからこそ人間なのだ。かくいう自分も、容色の衰えが気にならないと言えば嘘になる。

だが、ここで問題を混同してはいけないと思う。女としての気持ちと女への差別は違う話だ。そこを取り違えると永遠に同じ過ちを繰り返す。

適温のぬるま湯に浸《つ》かっていると、わずかながらも凝りがほぐれ疲れが取れる。そのせいか、混乱していた思考が次第に整理されてきた。

よし、やれる——自分はまだまだやれるんだ——

自らにそう言い聞かせ、菊乃は浴槽から立ち上がった。

「……お母さん、お母さん」

麻衣子に揺り動かされ、目が覚めた。視界に飛び込んできた娘の顔は、いかにも具合が悪そうだった。声もいつもと違う鼻声だ。

「どうしたの、麻衣子」

驚いてベッドから身を起こすと、

「風邪、やっぱりひいちゃったみたい……どうしよう……」

「どうしようってあんた……熱はあるの」

「さっき測ったら、三十七度六分だった」

発熱はしているが、高熱というほどではない。しかし汗でパジャマが湿っている。

枕元の目覚まし時計に目を遣ると、午前七時三十八分だった。

「どうする？　病院、行く？」

「そこまでひどくはないと思う……少なくとも、この前ひいたときよりはだいぶまし」

「でも学校は休んだ方がいいね」

するとと麻衣子は不服そうに、

「えーっ、この大事なときに」

「なに言ってるの、こじらせて長引いたらよけい大変でしょう。クラスの友達に移したりしても悪いし」

「じゃあ、家で勉強する」

「だめ。ちゃんと寝てなきゃ。お母さんも今日は仕事を休むことにする」

「えっ、お母さんが?」

麻衣子は驚いたようだった。よほど勤勉、いや強情な母親だと思われているのだろう。

「そうよ。こんなときにあんたの看病しなくちゃ、それこそ母親失格だし。学校には私から電話しとくから」

上司から、外れろ、休めと命じられていることは娘には言えない。よけいな心配をさせるだけだからだ。看病にかこつけて母親ヅラをするのもどこか卑怯な気がしたが、やむを得ない。そもそも、母親とは常にこうしたずるさを会得しているものなのだ。

「パジャマは新しいのに着替えて寝るのよ。汗をきれいに拭いてから」

「はあい」

「冷却シートも貼るといいわ。あ、おでこじゃなくて首に貼るのよ」

「分かってるって」

麻衣子が冷却シートの箱を持って自室に戻ったのを確認し、菊乃は娘の通う高校に連絡して欠席の旨を伝える。次いで相模に連絡する。留守電になっていたため「娘が風邪なので今日は欠勤します」とメッセージを残した。

それから身支度をして朝食の用意に取りかかる。食欲はあるそうなので、麻衣子のために卵粥を作ることにした。味付けのベースとして白出汁を使う。久々に作ったにしては、卵がふんわりとしていい具合にできた。

椀によそい、最後にネギを適度に振りかける。小皿に梅干と香の物を少し。盆に載せて娘の部屋に運ぶ。

「できたよ。食べられる?」

「うん……」

つらそうに身を起こした麻衣子は、盆を見て弱々しい歓声を上げた。

「おいしそう。お母さん、やればできるじゃない」

「なに言ってるの。一人で食べられる?」

「大丈夫。幼稚園児じゃないんだから」

「じゃあ食べ終わったら呼んでね」

「うん、ありがとう」

キッチンに戻り、自分用に卵粥の残りを茶碗によそう。副菜に納豆と作り置きのきんぴらゴボウ。ひじきも少々。これでなんとか一食分になるだろう。

一人で箸を動かしていると、後悔ばかりが込み上げてくる。麻衣子があまりに手のかからない子供であったため、日頃からもっと娘の健康に気を配っておくべきだった。ついつい娘に甘えてしまった。

ただの風邪ならいいのだけれど、何か大きな疾患だったりしたらどうしよう――

〈後悔〉という厄介者は必ず仲間の〈不安〉を連れてくる。そして彼らは、こちらの〈心〉を破壊しようと猛威を振るう。

――それが浅知恵だってんだ。少しは成長してるかと思えば、おまえ、静岡支局の頃から全然変わってねえな。

箸が止まる。社会部長から投げかけられた言葉。

許せない――

それが女子学生への差別を暴こうとする報道人の言葉だろうか。

心に差別意識を持っているという点では、相模達と同じと言えるかもしれない。決定的に違っているのは、東海林の言葉には、相模達のそれにはなかった傲慢《ごうまん》があるということだ。

静岡支局時代の上司であった東海林が、自分を本社の社会部に抜擢してくれたというのは事実である。

しかし、菊乃は知っている。自身をよく見せたがる傾向にある東海林は、社内での評価を上げるため「男女共同参画に理解のある上司」のふりをしたかっただけなのだ。そのときたまたま目に留まったのが、静岡支局での部下であった自分だったというだけだ。

他ならぬ東海林自身が、忘年会で常務を相手に小声でそう語っていたのを複数の社員が耳にしている。しかもことのほか得意げであったという。

思えば静岡支局でも、東海林はやたらと人の評価を気にする傾向にあった。加えて上司の顔色をひたすら窺い、そうすることによって出世してきた人物だ。

そんな小物の思惑に乗った自分が浅はかだったと悔やまれる。しかし、たとえ事前に分かっていたとしても、誘いに乗らなければ新聞記者としての今日はなかった。

――結果を出そうと焦りやがって、挙句の果てがこのざまだ。

静岡時代からまるで変わっていないのは東海林の方だ。

パワハラを行なう上司の特徴の一つは、「一年以内に結果を出せ」と脅すように言い、部下を恐怖で縛ることだ。菊乃は東海林から静岡時代にも言われたし、本社社会部に抜擢されたときにも言われた。

言われた通り、自分は焦った。静岡時代には幸運にも結果を出すことができた。

だが今回は――

決して焦ったわけではないと自分では思っている。だが、本当にそう言い切れるのか。スクープをものにして手柄を立てたいという気持ちがなかったと言えるのか。

いや、あったのだ、自分には。

差別されている女子受験生を救いたいという気持ちに駆られたのは嘘ではない。しかしスクープをつかもうとするのは新聞記者としての本能であり、なんら恥じるものではないはずだ。部長からああいう言葉でなじられたのは、やはり自分が女であるからだ――

「お母さん」

麻衣子の呼ぶ声が聞こえた。

菊乃は箸を置いて立ち上がり、娘の部屋へ行く。

「食べ終わったの？」

「うん、ごちそうさま」

娘の差し出す盆を受け取り、

「ちょっと待ってて、今お薬持ってくるから」

キッチンに取って返し、食器棚の引き出しから市販の風邪薬を取り出す。コップにペットボトルの水を注ぎ、薬と一緒に娘の部屋へ持っていった。

「さあ、これを飲んで今日は一日ゆっくり休んで」

「お母さんは」

「せっかく休んだんだから、お掃除とか買物とか。掃除機がうるさかったら遠慮なく言ってね」

「うん」

薬を飲み、娘は布団の中に潜り込んだ。

小さく息をつき、菊乃は室内を見回した。娘の部屋をこんなにしげしげと見るのは久しぶりである。娘には掃除まで任せきりにしているので、母親としての不甲斐なさが身に染みた。

小学生時代から使っている勉強机。昔はぬいぐるみやファンシーグッズばかり飾られていた書棚が、いつの間にか本で埋まっている。主に参考書。マンガが少し。今の子供は昔ほどマンガを読まない。菊乃が子供の頃は、至る所にマンガがあふれていた。そして小学生の女の子達は、マンガ雑誌の付録である美麗なイラスト入りの小物を机の前に飾ったりしていたものだ。

麻衣子の机の周辺に貼られているのは、医究ゼミのスケジュール表や、課題の進捗状況を示すグラフなど、受験に関係したものばかりであった。

娘の成長が嬉しくもあり、また寂しくもある。菊乃は複雑な思いでそれらの貼紙を眺め回す。

――かわいい子ですよねー。今度デビューしたアイドルですか。

誰かの声が聞こえる。

あれは……そうだ、自分の声だ。

日邦新聞社静岡支局。隣の席の男性記者が、自分の机にセミヌードの女性のピンナップを幾枚も貼っている。いかにもこれ見よがしに。

こうしたふるまいに目くじらを立てず、平気な顔をしてやり過ごす――それが〈デキる女〉のスタイルだと思われていた時代。

媚《こ》びていたのだ、自分は、結局。

――そうなんだよ。いいだろ、このオッパイ。菊乃ちゃんよりも大きいんじゃない？

――さあ、どうでしょうかねー。

男達のセクハラをこうして軽くあしらうことが、社交的で当たり障りなく、円滑に仕事を進める秘訣だと誰しもが思い、疑いもしなかった。

それが間違いだったのだ。

後続の女性達のためにも、毅然として声を上げなければならなかった。

自分は、自分達の世代は、それをしようとしなかった。

それが今日の女性差別につながっている。何もかもがつながっていて、自分もまた、それらをつなげる円環の役目を果たしてしまった。

馬鹿だった。愚かだった。

当時はただ自分がうまく立ち回ることで精一杯だったのだ。

いや、それはしょせん言いわけでしかない。言いわけに次ぐ言いわけ。弁解に次ぐ弁解。ごまかしに次ぐごまかし。

それらのすべてが誤りだった。

しかしそうした処世術を〈当たり前〉と考えて気にも留めない女性達は今でも大勢いる。彼女達の主体的意志も尊重しなければ、単なる独善ともなりかねない――

娘の寝息が聞こえてきた。鼻が詰まっているようで少し苦しげだ。額と頬には汗が浮いている。菊乃は乾いたタオルでそっと娘の汗を拭い、部屋を出た。

麻衣子の父親は、自称デザイナーで自称イラストレーターだった。何かの企画を一緒にやることになって、そのとき初めて知り合った。交際するに至ったきっかけはもう覚えていない。忘れたというより、記憶から消去したのだと思う。

麻衣子を身ごもって入籍した。当初は男も娘の誕生を喜んでいた。だが出産と育児のため菊乃は長期の休暇を取らざるを得なかった。静岡支局でスクープが認められた矢先のことだったので、記者としてのキャリアを中断するのはこの上なくつらかった。

復帰に当たり、日邦系列の週刊誌に拾ってもらえたのは幸運だったが、それには静岡から東京に転居する必要があった。

しかし夫はなぜかこれを拒否した。「アーティストとしてやっていくなら、東京に出るのが一番いい」といくら説得しても駄目だった。夫は「絶対に許さん」と息巻いて菊乃を殴った。

今思えば、彼は自分の才能のなさが露見するのが恐かったのだろう。

彼は弱い人間だった。酒に弱く、女に弱く、ありとあらゆるものに弱かった。

自分の才能が認められないのは世間が悪いと言っては酒を飲んだ。

菊乃の稼ぎを当てにしているくせに、産休を取る以前から仕事で帰りが遅くなると浮気を疑い菊乃を殴った。典型的なＤＶであり、菊乃はなんとか胎児を守ろうとそのつど必死になって、自らの身体をかばったりしたものだ。

出産後もしばらくは我慢していたのだが、その暴力が生後間もない娘にまで及びそうになったとき、菊乃はついに別れる決意を固めた。公的機関や弁護士、ＮＰＯ職員らの助けを借り、あらゆる手を尽くして離婚した。

そして菊乃はシングルマザーとなり、赤ん坊だった娘を抱いて東京へと出てきたのだ。

およそ十年以上にわたる週刊誌時代の苦労は枚挙に暇がない。仕事の大変さは言うまでもなく、それこそ毎日がセクハラ、パワハラのオンパレードだった。

静岡支局の頃もそうだったが、既婚の男性から飲みに誘われる、手を握られる、腕を撫《な》でられるなどはしょっちゅうだ。誘われて呼び出しに応じないと「あいつは調子に乗っている」と陰口を叩かれるから始末が悪い。

いい歳をした重鎮記者から同様のことを繰り返されて困っているアルバイトの女性の相談に乗ったりしていると、ひとけのない廊下で当のベテラン記者から「よけいなことを吹き込むな」と凄まれた。

ここでも男のセクハラを許容し、寛容なふりをして、要領よく立ち回ろうとする女は数多くいた。

例えば、上の立場にある男性を持ち上げるかのような言動を取りつつ、腕や肩にボディタッチをする。

例えば、にっこり笑いかけながら相手をじっと見つめたりする。

例えば、飲み会では率先して積極的にお酌をして回る。それも上席の権力者を中心に。

社の内外を問わず、そんな光景を目撃したりすると、無性に不快な気分になったが、口にしたりはしなかった。自分も似たようなことをしていないという保証はないし、誰かにそう思われていても不思議ではない。

そうした体験が蓄積されるにつれ、菊乃は次第に自覚的になった。

女として、人間として、自分が見て嫌なことは、決してしないようにしようと。

だが自分の決意に関わりなく、社会には相変わらず女性差別、女性蔑視が蔓延《まんえん》しており、大多数の男と、大多数の女が、そんなものだと考えていた。

その結果が、この歪《ゆが》んだ社会の姿なのだ。


洗い物を済ませ、洗濯機を回す。それから娘の部屋をそっと覗く。麻衣子はすうすうと寝息を立てて眠っていた。薬が効いているようだ。

少し安心して買物に出る。最近は家事をほとんどやっていなかったので、近所の商店街やスーパーに出かけるのも久しぶりだ。街角に新しいカフェが開店しているのを見つけたりすると、帰りに寄ってみようかと思ったりする。仕事であちこち歩き回っているときはコーヒーを注文しても口すら付けないのに不思議なものだ。それだけ新鮮な気分になっているのだろうが、娘の容態を考えると心配でそうそう寄り道などしていられない。

新聞記者、週刊誌記者に特有の悩みは、子供の学校行事に出られないことだ。参観日や運動会などの予定が何週間も前から分かっていても、当日、あるいは前日に事件が起これば飛び出していくしかない。そのため、家族の信頼や絆《きずな》といったもの――あるいは家族そのもの――を失ってしまった記者は少なくない。

菊乃もまた、常にその恐怖に怯えていた。

命より大切な娘を、いつか失ってしまうのではないか。

娘から母親失格として見放されてしまうのではないか。

そんな不安に駆られながら、必死になって仕事に取り組む毎日だった。

実際に、麻衣子の運動会や学芸会を見学できなかったのは、今でも大きな悔いとなって心の奥に淀んでいる。幼稚園や小学校の頃など、行事が終わってから駆けつけると、「なんで来てくれなかったの」と何度も麻衣子に泣かれたものだ。

ごめんね、ごめんね……

そう繰り返すことしかできなかった日々が、悔しくもあり、懐かしくもある。

近所で一番安く、品揃えが充実していると娘から聞いていたスーパーで、さまざまな食品を物色しながら昼食や夕食の献立を思案する。今日の食事は麻衣子の体調を中心に考える必要があった。

生活の喜びというものであろうか、久々の買物は楽しかった。

スーパーを出て、帰宅の途に就く。時刻は正午を過ぎた頃だった。

大きなビルの前に、バンや軽トラックが何台か駐《と》まっていた。いずれも弁当を販売するキッチンカーだ。ハンバーグやカレー、中華料理など、さまざまな料理を扱う車が並んでいて、どれもそれなりに繁盛しているようだ。主な顧客は周辺のオフィスに勤める会社員達だろう。

「えっ、あんた、なんでそんなに買ってるの？　大丈夫？　一人で持てる？」

そんな声が聞こえてきた。見ると、弁当の容器が詰められた袋をいくつも提げている若い女性に、先輩らしい女性が驚いているところであった。

「新規の取引先の人達が来てて、会議が長引いて弁当にしようということになったんです。そしたら、一番若い女の子はおまえだから、おまえが買ってきてみんなに配れって」

「なにそれ。あんた、サブリーダーじゃなかったの」

「そうなんですけど、部長は肩書なんか関係ないって……こういうのは女の仕事だからって……」

「ひどい。セクハラにパワハラじゃん、それ」

ひどい話だ。しかし自分にできることはない。菊乃はその場から足早に立ち去るしかなかった。

本当にひどい話だ。そして、本当によくある話だ。いつの時代にも常にある。自分も同じことを経験した。何度も、何度も、繰り返し。

時代は変わっても、女性を取り巻く環境は少しも変わっていないのだ。

若い女だから、というただそれだけの理由で、お茶汲《く》みやお酌をやらされるのは日常茶飯事だった。そのとき自分が、どんなに重要で手の離せない仕事をしていようが関係ない。笑顔で愛嬌を振りまくのが「若い女」の義務だった。

ふざけるな。

気にしないように、忘れるように努めてきた出来事が、黒い気泡となって心の水底から湧いてくる。

週刊誌時代、自分の担当した記事に関して編集部に電話がかかってきた。抗議ではない。賞賛の電話らしかった。「担当の方をお願いします」と言うので、「自分です」と答えると、「男の担当者を出して下さい」と不快そうに言われた。

ふざけるな。

なぜ女では駄目なのか。なぜ女はいつも控えめに笑っていなければならないのか。なぜ女の仕事は正当に評価されないのか。

ふざけるな。

帰宅して買物袋を台所に置き、そっと娘の様子を見る。よく眠っていた。このまま寝かせておいた方がいいだろう。

極力音を立てないよう、スーパーで買ってきたマグロの刺身と冷や奴、それに味噌汁を主体とした昼食を作り、一人で食べる。

洗い終わっていた洗濯物をベランダに干し、自室のベッドに横になって手足を伸ばす。テレビは観る気にならなかった。溜まっている本や雑誌を読みたいところだが、疲れはもっと溜まっている。

——一番若い女の子はおまえだから、おまえが買ってきてみんなに配れって。

——こういうのは女の仕事だからって。

——男の担当者を出して下さい。

ふざけるな。

いつの間にか眠っていた。

目を開けると、窓の外は早くも薄暗くなっている。

慌てて起き、洗濯物を取り入れていると、娘がさっぱりした顔で起きてきた。

「よく眠れたみたいね。気分はどう?」

「うん、だいぶよくなった。それより、お腹空いた」

「今から作るよ。その間にあんたは汗を拭いて着替えなさい。あ、熱もちゃんと測ってね」

「はあい」

少し早いが、すぐに夕食の支度に取りかかる。

鶏肉、ニンジン、カブ、タマネギをそれぞれ一口大に切る。小さめに切るのは、火を通りやすくして消化をよくするためだ。まず鍋に鶏肉を入れ、焼き色がついたら千切りにした生姜を加えてさっと炒める。それから水を二カップとワインを大さじに一杯投入する。

煮立つのを待つ間に娘の部屋へ行き、

「何度だった?」

「三十六度八分」

平熱の範囲だ。少なくとも悪化はしていない。

「よかった。落ち着いたようね」

台所に戻って鍋を見る。煮立ったら灰汁《あく》を取って弱火にし、塩を小さじ少々。ニンジン、カブ、タマネギを加え五、六分煮るとできあがりだ。

器に盛って、粗挽きの黒胡椒を振りかけていると、パジャマの上にカーディガンを羽織った麻衣子がキッチンにやって来た。

「いい匂い」

「今できたとこ。部屋に持ってかなくていいの」

「うん、気分がよくなったからこっちで食べる」

そう言って麻衣子はダイニングテーブルに着いた。

「おまちどおさま。特製生姜入りポトフよ」

「お昼食べてないからお腹空いちゃった。いただきまーす」

スプーンを取って早速食べ始めた娘を眺め、

「生姜は血行をよくして体を温める作用があるから、風邪のときにいいのよ」

「それ、あたしが子供の頃から聞かされてるから。もう百万回くらい聞いたかな」

「いいじゃない、何度でも言いたいの」

「それよりお母さんは食べないの」

「あっ、そうね」

菊乃は適当な器にポトフを盛り付け、胡椒を多めに振りかけて自分用の椅子に座る。

「そうだ、水分も摂《と》らなきゃね」

すぐに立ち上がってコップを並べ、冷蔵庫から出した麦茶を注ぐ。

「はい、どうぞ」

「ありがとう」

「おかわりもあるからね。でも食べすぎは駄目」

「分かってるって」

ポトフを口に運びながら、娘の様子を窺う。快方に向かっているようでほっとする。

「ごちそうさま。おいしかった」

やがて食べ終えた娘に、風邪薬の箱を渡し、

「念のために飲んでおいて。寝てる間に効くんだから」

「はあい」

麻衣子はコップに水を注いで薬を飲み、すぐに自室へ戻ろうとする。

「今夜は早めに寝るのよ。勉強なんかしてちゃ駄目だからね」

「分かってるって。でも、寝る前にちょっとだけ本を読んでから寝る。食後すぐに寝るよりその方が消化にもいいし」

「ちょっとだけよ」

「分かってるって」

娘の部屋のドアが閉まる。

一人で残りの夕食を食べ終えた菊乃は、すぐに洗い物に取りかかった。近いうちに食洗機を購入しようといつも思う。その方が麻衣子の負担も減るだろう。今まで先送りにしていたのは、家電量販店まで行く時間を作れなかったからだ。

鍋を洗っていると、全身の凝りが強く意識された。疲れが思っていた以上に溜まっているのだ。それとも加齢のせいだろうか。いずれにしても、昔のような無理はもう利かなくなっている。

気力と体力の残っているうちに、できるだけ仕事をしておきたい。それも娘に対して誇れる仕

事をだ。

ゆっくりと入浴し、スウェットに着替えた菊乃は、自分の机に向かい、パソコンを起ち上げ、ノートを開く。

神林晴海に焦点を絞った自分の判断は間違っていたのか。これまでの取材結果を再点検する。チームからは外されているが、相模キャップは「望みはある」と言っていた。

望みがなくても自分はやる――この取材だけは退《ひ》くわけにいかない――

何度再点検しても、結論は同じだった。

証言してくれる可能性があるとすれば、神林晴海しかいない。他の理事は入試との関わりが薄いか、性格的もしくは経歴的に保身や組織防衛に走るリスクが高すぎる。教授会のメンバーや事務局員のリストに目を走らせても、やはり突破口となり得る人物は見つからなかった。

そうかと言って、今さら取材対象を他大学に変更することは実務的に難しい。統和医大は裏口入学の取材で基本的な情報が蓄積されていた。他大学に変更したらゼロから始めなければならなくなる。それでなくても重大事件は日々発生しており、記者達は皆疲弊している。ここで対象を変更したりしたら、特別取材班は崩壊する。やはり変更は不可能だ。

何かに熱中していると、時間はたちまち加速するというのが科学を超えた真理である。気がつくと、午後十一時半を過ぎていた。

菊乃は娘の様子を見にいくことにした。極力音を立てぬようにそっとドアを開けると、娘はベッドで眠っていた。だらりと垂れた右手の下に、このところいつも読んでいる白い本が落ちていた。どうやらそれを読んでいるうちに寝落ちしてしまったらしい。

汗もかいておらず、健やかな寝顔だった。もう心配ないだろう。菊乃は娘の手をベッドに戻し、布団をかけ直す。それから落ちている本を拾い、勉強机の上に置こうとしたとき、本の題名が目に入った。

題名は『医学界で自立する女性』。著者名は北加世子。

北加世子――？

著者の写真であろう、五十代後半と思われる女性が表紙に巻かれた帯で爽やかに微笑んでいる。表情は大違いだが、この写真の人物は確かに――

嫌な予感がたちまち胸いっぱいに広がっていく。菊乃は本を持ったまま自室へ戻った。ドアを閉め、急いで取材データと照合する。

やっぱり――

北加世子教授。統和医大の理事の一人であった。本の著者プロフィールにもそう記されている。麻衣子の読んでいた本が、統和医大関係者の著書だったなんて――

和藤の作成したファイルによると、北教授の経歴は医師としては申し分ないものだった。実際に評価の高い研究論文をいくつも発表している。ただし特記事項として、次のような文言が並んでいた。

［代々医師の家系で、多方面にコネがあり、プライドは極めて高い］

［生育環境によるものか、医学界で生き抜く処世術に長《た》けている］

［学生時代から男性教授との不倫疑惑が複数確認される］
［多数の著書を出版。自己のＰＲには人一倍熱心である］
［権力志向が強く、政治家的体質を有す。間違っても統和医大に不利な証言はしないものと思われる］

いずれもかなり辛辣な指摘であった。特に最後の項目から、北教授は証言の可能性なしと判断され、菊乃もその名を何度も目にしながら、つい先ほどまでまったくと言っていいほど意識していなかった。

改めて表紙の帯を見る。プロのカメラマンが撮ったその写真は、明朗で希望に輝く女性指導者そのものといったイメージだ。［日本女性医学者評議会推薦］というフレーズも収まりよく決まっている。

次いで目次を開く。『医師を目指すすべての女子学生のために』『医学はとてもやりがいのある仕事』『人を救うことの大切さ』『女性医師の未来と可能性』『患者さんとの触れ合いを通して学んだこと』といった、実にそれらしい見出しが並んでいる。

思い切って最初から読み始める。題名や目次から想像できる通りの内容だった。医学界に理想を抱く女子が読めば、きっと大いに触発されることだろう。麻衣子が熱心に読んでいたのも頷ける内容だった。その真偽はとりあえず措くとしても。

こんな本をどうして麻衣子が――

理由は考えるまでもない。医師を目指す女子がいかにも手に取りそうな本である。

だが、この本を読むなと麻衣子には決して言えない。言えば理由を問われるからだ。案じる必要はない、麻衣子の第一志望は国公立のはずだ――それに統和医大で裏口入学という不祥事が発覚したことは、麻衣子も以前から知っている――

自らに強く言い聞かせる。

麻衣子の風邪を別にすれば、平穏に過ぎるかと思われた一日は、不穏な予兆に閉ざされた。考えていても仕方がない――

菊乃は麻衣子の部屋に行き、寝息を確認してから、本をそっと勉強机の上に置いた。

3

翌朝、すっかり回復した麻衣子は無事に登校していった。ドアの所から手を振りながら娘を見送った菊乃は、小さく安堵の息を吐き、自分の身支度を手早く済ませて出勤した。

P担のブースがある裁判所ではなく、帝国ホテルのラウンジに直行する。そこで今後の打ち合わせを行なうと相模から連絡があったのだ。

指示された時刻の五分前に到着すると、相模以下全機がすでに揃っていた。

「おはようございます。昨日はご迷惑をおかけしてすみませんでした」

全員に向かって頭を下げると、「おはっす」「よっす」といった、記者特有の唸《うな》りにも似た挨拶が返ってきた。

「娘さんの具合はどうだ」

相模が全員を代表するかのように尋ねてくる。

「おかげさまですっかりよくなりまして、今日はいつも通り学校に行きました」

「そうか、そりゃよかった」

表情をまったく変えずに頷いた相模が、間を置かずに本題を切り出す。

「今後の方針だが、俺達は今まで通りやる。いいな」

「えっ、ちょっと待って下さい」

菊乃は慌てて訊き返す。

「何かあったんですか。いきなり言われてもよく分からないんですけど」

「なんにもねえよ」

依然としてぶっきらぼうに相模が呟く。

「一昨日《おととい》も言ったろ。俺達だって意地があるんだ」

「そんな言い方じゃ誰だって分かりませんよ、キャップ」

甲斐田が呆れたように言う。やはり何かあったのだ。

「オレから話すよ」

和藤が深刻な面持ちで、

「実はな、この話、オレにとっても他人事じゃなくなったんだ」

「え、あの、それはどういう……」

「昨日さ、大学時代の親友と数年ぶりに話す機会があったんだ。昔は明るい奴だったのが、どうにも沈みがちなもんで、『おい、どうした』って訊いてみたら、そいつの息子が医学部志望で、しかも三浪目なんだってよ。『金がかかって仕方ないよ』って、そいつは無理して笑ってやがったけど、オレは笑うどころじゃなかった」

三浪だって――すると――

「そうだ、ここであんたのやってきた取材の成果に結びつく。差別入試の対象は女子だけじゃない。男子であっても、多浪生は一律減点の対象になるんだろ？　でもそんなこと、当人にも父親にも言えっこない。オレはな、その子が生まれたときから知ってるんだ。アキラ君といって、出来のいい子供だった。あいつの自慢の息子だった。それが仇《あだ》になっちまった。あのアキラ君が、医者なんか志望したばっかりに……」

悔しそうに和藤は呻いた。子供を持てなかった彼は、親友の愛息をよほどかわいがっていたのだろう。その気持ちは菊乃にも痛いほどよく分かった。

「……まあ、それで一刻も早くスクープする必要が生じたというわけだ」

もっともらしく締めようとする相模に、菊乃は食ってかかった。

「何が『なんにもねえよ』ですか。めちゃくちゃあるじゃないですか」

「言ってもしょうがねえから結論だけ言ったんだよ」

「要するに、和藤さんのご友人の息子さんも、ウチの娘とおんなじ状況ってことですよね」

「そういうこった」

麻衣子が医学部志望であることはＰ担の全員が知っている。

「でもこれ、もともと檜葉さんや和藤さんだけの問題じゃなかったわけでしょう？」

西森が言わずもがなのことを言う。

「そりゃその通りだよ。だけどな、一旦こうなってみると、被害者の痛みってもんが本当に分かるようになる。すると必ず思うんだ、『分かってたつもりになっていて、実は今まで、自分はなんにも分かってなかったんだ』ってな」

和藤がしみじみと感慨を漏らす。菊乃が初めて見る和藤の表情だった。

「似たような経験は俺にもあるよ」

カバがふて腐れたような顔で相模が言う。

「ブン屋なら必ず経験する。一度か二度はな。できれば退職まで経験したくないが、ブン屋にとって、その経験は絶対に必要なものなんだ」

その言葉を茶化そうとする者はさすがに一人もいなかった。

全員が真剣に相模を見つめる中、

「檜葉」

「はい」

「『統和医大の入試担当理事で証言するとしたら神林晴海以外にいない』。この考えに変わりはないな」

腹に力を込めて返答する。

「ありません」

「よし」

相模は仰々しく腕を組み、

「俺達は今まで通りやる。デスクにはなんとか話をしてみるつもりだ。難しいが、デスクさえ味方にできれば、部長に直訴するチャンスがあるかもしれない」

「はい」

他社に聞かれないよう、気合いだけ入った小声で頷く。

「檜葉は引き続き神林晴海を当たれ。過去を徹底的に探って弱点を見つけ出すんだ。いや、弱点と言うと恐喝するみたいだな……とにかく、真実を吐かせるための何かだ。他の者は全機で檜葉をフォロー。神林以外に証言する奴なんていねえってことを証明するんだ。もちろん論理的な証明なんてできっこないから、現状ではどうしても外堀をちまちま埋めていくような作業になるだろう。状況証拠の数で押し切るっていうかさ」

「分かりました。俺も娘の将来のためにがんばります」

いち早くメモを取り終えた甲斐田がそう言うと、西森が驚いたように、

「甲斐田さん、娘さんがいたんですか」

「なんだおまえ、知らなかったのか」

当の甲斐田より和藤が先に反応する。

「甲斐田玲奈《れいな》ちゃん。かわいい子なんだよ。幼稚園の年少だっけ、年中だっけ」

「もう年長組ですよ」

甲斐田が嬉しそうに訂正すると、今度は和藤が驚いて、

「えっ、もうそんなになるのか」

「ええ」

「……てことは、来年は玲奈ちゃんも小学校か。早《はえ》えもんだなあ」

和藤は自分の頭に手をやって、

「オレのアタマも薄くなるわけだ」

その自虐的なジョークに対し、男達はなにも言わずに流している。男性同士にもルッキズムについてのデリカシーはあるらしい。しかし菊乃にはその基準が奈辺にあるのか、ただ想像するしかなかった。

西森がストローの袋を破りながら、

「甲斐田さん、娘さんを医者にしようと思ってんですか」

「そんなわけないだろう。まだ幼稚園なんだぞ」

「あ、すみません。いくらなんでもそりゃ気が早すぎましたね」

独身の西森は、既婚者の先輩達とは少し感覚が違うようだ。

「俺は娘が成長したときに、差別で苦しむことがないようにって思ってるだけだよ」

「相変わらずおまえは優等生だよな、甲斐田」

和藤が茶化すと、相模が真面目な顔で宣言した。

「そうだよ。俺達はこれから女性への差別と戦おうとしてるんだ。優等生とか理想主義とか言われるくらいでちょうどいいんだ」

感心して聞いていると、相模は続けて、

「ところで、俺にも娘がいるんだけど、おまえら、忘れてない？」

「えっ」

声を上げてしまったのは菊乃一人であった。

「すみません、初耳です」

Ｐ担の中では一番の新参なので、これまで同僚達のプライベートについて知る機会はあまりなかった。

「お嬢さん、おいくつなんですか」

「今、高校一年だから、十五だっけ、いや、あれ？　十六だっけ？」

菊乃はもう完全に呆れてしまった。いくら多忙の新聞記者とは言え、娘の年齢を忘れるなどということがあるだろうか。

いよいよ大真面目に首を捻っていた相模が、急に思い出したように、

「そうそう、それよりさ、この前ウチに娘の友達が遊びに来ててさ、その子が帰った後に『なかなかの美人だな』って言ったら、娘と女房に叱られたんだ。『今はそういうこと言っちゃダメだ』って」

「ああ、それはそうですね」

真っ先にコメントした和藤に対し、

「おまえだって、さっき甲斐田の娘がかわいいとか言ってたじゃねえか」

「あれは『子供らしくて愛らしい』って意味だからいいんですよ」

「そうですよ。キャップの場合は相手が高校生の女の子でしょ。社会的にそんなこと言うのはまずいですよ」

和藤に同意を示した西森に、相模が首を捻りながら問う。

「でもさあ、きれいな娘にきれいだって言うのがよくないなんて、それって、なんかおかしくねえか」

「それは……」

西森が言葉に詰まる。

「それは、俺も正直違和感があります」

はっきりと言ったのは甲斐田であった。

「この際だからみんなに白状しておきます。俺、社会的に糾弾されるのが恐いからそんなこと言いませんけど、いくら考えても理由はよく分かりません。だって、自分の美貌を誇りに思ってる女性だっているはずでしょう？　その場合、きれいだって言われるのはその人の自己肯定感につながるわけじゃないですか」

「和藤、おまえはどうなんだ」

「オレですか？　オレが甲斐田や西森よりキャップに近いのは言うまでもないでしょうが」

「じゃあ、ますます分からねえ。俺達はハゲだデブだってよく言われる」

「オレは自分で言ってるだけですけど」

和藤が不本意そうに訂正する。

「黙って聞け。男はたとえ言われてもそう気にしない。中には和藤みたいに気にする奴もいるけどな。ところが女の場合はけなすどころか、褒めることすらダメってのはどうなんだ？　女だってイケメンのアイドルグループを『推し』とか言って消費してるわけだろう？」

菊乃は思わず考え込んだ。単純なようで難しい問題だ。

「おまえはどうなんだよ、檜葉」

こういうとき、無遠慮に訊いてくるのが相模という男だ。

「自分に訊くのは差別だとかセクハラだとか言うなよ。なにしろこの中で女はおまえだけなんだ」

相手による、などと答えれば、反論の集中砲火を浴びることは容易に想像できた。

「状況による、と思います」

「もっと具体的に言ってくんねえと分かんねえよ」

「仕事で誰かと会っているときにそんなことを言われると、『あ、この人は自分の外見しか見てないんだな、能力を評価してくれてるわけじゃないんだな』と感じますね」

なるほど、と呟いたのは甲斐田であった。

だが和藤は釈然としないような面持ちで、

「じゃあ、仕事以外のときは相手の容姿をいくら褒めてもいいってことになるんじゃないのか」

「だから、それも状況次第だと思いますけど」

相模は面倒くさそうに手を振って、

「結局よう、それも基準が曖昧で、どこで地雷を踏むか分からねえし、つまるところ俺達はセクハラだって言われるのが恐いから、よかろうが悪かろうが、女の見てくれには一切口をつぐむしかねえってことになる。この歳で人事部や広告局の姥捨《うばす》て部署にトバされたくないからな。でもそれってさ、ほんとの意味での平等とか公平とかじゃねえんじゃねえの」

上品にはほど遠い口調だが、相模の指摘は問題の根深さを衝いていると菊乃は思った。

「檜葉さんよう」

相模が再びこちらを見て言った。しかもいつもの呼び捨てではなく「さん」付けだ。

「なんでしょう」

「確かにあんたはきれいだよ。だけどな、俺があんたにそう言うだけでセクハラってことになるんだよ。今はそういう世の中なんだよ。俺達はそれを受け入れるしかねえってことなんだよ」

どこか侘《わび》しげなその顔に、菊乃はどう応じるべきか、言葉をまるで見出せなかった。

「結局は、一昨日とおんなじ結論になるんじゃないですかねえ」

なにげない口調で西森が呟いた。

皆が一斉に彼を見る。

その視線にまるで気づかず、西森はストローでアイスコーヒーを啜りながら続けた。

「難しすぎる問題だけど、誰かを傷つけるよりは傷つけない方がいいに決まってるわけでしょ。つまり、お互いあれこれ考えつつ、なんとか折り合いをつけていくしかないってことですよ」

それで打ち合わせは終了となり、各人は帝国ホテルからそれぞれ仕事の場へと散っていった。

本社からの指示は依然なし。特別取材班は今も活動中のはずだが、自分だけでなく、P担の誰にも情報は入ってこなかった。

珍しく定時に帰宅した菊乃は、夕食の支度をしながら自室で神林晴海の経歴を何度も見直し、新たにファイルを作成する。

神林晴海は一体どういう人生を送ってきたのか。

家族はどんな人だったのか。

恋人はいたのか。

何がきっかけで、大学での仕事に人生を捧げようと決意したのか。

事務局の職員達からここまで信頼されているのはどうしてなのか。

そして何より――彼女の強さの秘密はなんなのか。

台所でニンジンや大根を切り、里芋の皮を剝《む》く。思いついたことがあるとパソコンの前に取って返す。その繰り返しだった。

神林晴海に勝つには、彼女のことをもっと知る必要がある。彼女の人生のすべてをだ。

そうしなければ、彼女には永遠に勝てない。

自分は勝つ。DVに苦しめられ、シングルマザーとして懸命に生きてきた、自分の人生をぶつけてあの人に勝つ。

そろそろ帰ってくる頃かな――

食器棚から小鍋を取り出しながら、壁に掛けられた時計を見る。

麻衣子は学校の帰りに医究ゼミへ通っている。病み上がりだから今日は休んだら、と出がけに言ったが、本人は大丈夫、心配は要らないからと頑固に言い張った。

いつもは自分の方が娘より帰りが遅いため、こうして台所で心配していると、まるで普通の母親になれたような気さえする。

ちょっと遅すぎるかも――

徐々に不安が募っていき、時計を見る頻度が増えていく。やはりもう一日休ませて様子を見るべきだったか。

メッセージを送ってみようとスマホを取り上げたとき、麻衣子がようやく帰ってきた。

「ただいまー」

ほっとしてスマホを置き、

「おかえりなさい。遅かったのね。もう、ほんとに心配したんだから」

「ごめんなさい。でも、いつもこれくらいだし」

腕時計を見ながら麻衣子が言う。

「そうなの？」

「そう。自習室に寄ったり、先生に質問したりしてるから」

そう答えながら洗面所に入った麻衣子は、手と顔を洗ってうがいをし、室内着に着替えている。とりあえずは一安心だ。

煮立った小鍋を、菊乃は急いで食卓に運ぶ。

「今夜もお母さんの手料理だね」

「念のためお腹に優しいものをと思って、けんちんうどんにしたわ。七味をかけるんなら少なめにね」

「うん、いただきまーす」

夢中でうどんを食べている娘の様子を確認し、菊乃は自分の分を用意して向かいに座る。母娘差し向かいでの夕食は、普段自分が留守がちであるだけに、この上ないぜいたくに思われた。

「どうなの、学校の方は。あんたのことだから心配はないと思うけど」

なにげなくそんなことを口にしたとき、娘はいつもと違う反応を見せた。

「うん……そのことで、ちょっと相談があるの」

「どうしたの、学校でなんかあったの」

「ううん、そうじゃないの。医究ゼミの方。来週の火曜に保護者面談があるって話はしたよね」

「覚えてる。お母さん、前々からその日だけは予定を空けてあるから」

しかしこれまで、突発的に重大事件が発生し、そうした予定をキャンセルせざるを得ないことがしばしばあった。麻衣子もそれはとっくにあきらめていると言っていたが——

「あのね、あたし、志望校を変えたいと思ってるの」

「えっ」

胸に黒雲が広がっていくような感覚。不吉な予感というやつだ。

「偏差値はちっとも上がらないし、もうちょっとがんばれば合格圏内だとは言われてるけど、もし落ちたら浪人することになっちゃうし……それよりは、安全圏の私立にしようかなって思って……」

食欲は跡形もなく消え失せていた。箸を置いて、菊乃は努めて平静に問う。

「私立って、もう具体的に決めてるの？」

「うん」

「どこなの」

「統和医大」

自制していたつもりだが、顔に出たのかもしれない。麻衣子は慌てて言い募る。

「お母さんにはできるだけ迷惑かけないつもり。私立の学費が高いのは知ってるけど、あたしだってバイトするし、学校の制度を利用すればすっごくいい条件で奨学金も借りられるって聞いたし——」

「やめて」

きつい声で遮った。

「お金の問題じゃないの。いえ、お金は大事だけど、統和医大でどんな不祥事があったか、あんただって知ってるでしょう」

「それは知ってる。あんなにニュースでやってるんだし」

「だったらどうしてそんな大学に」

「これだけ報道されてるんだから、きっと今後は改善されるよ」

世間知らずにもほどがある。やはり麻衣子はまだまだ子供なのだ。

「私立に行きたいのならそれでもいい。学資の積み立てもあるし、いろんな保険を解約すればなんとかなる。だけど、もっといい学校が他にもあるじゃない。わざわざイメージの悪い大学に行くなんて……」

麻衣子は無言で立ち上がり、自室に入った。

怒らせてしまったのかと思ったが、すぐに戻ってきた。その手には、あの本がつかまれていた。

「見て。あたし、この本を読んで、北先生の講義を受けたいなって思ったの。お母さん、知ってる、北加世子先生」

「……さあ、きっと立派な先生なんだろうね」

知っているとはとても言えない。「実は統和医大の裏口入学について調べている」という口実を使うことは可能である。だとしても、北加世子の人格について少しでもネガティブなことを言えば、微妙な年頃の娘を一層頑《かたく》なにしてしまうのは目に見えている。

北加世子はそんな立派な人物などではなく、〈女〉を売りにして男に媚び、その権力を利用してのし上がってきた、それこそ女からすれば最も唾棄すべき類いの人間なのだ――

そんなことをもし麻衣子に打ち明ければ、派手な口げんかどころでは済まないだろう。

「本当に尊敬できる人。女性のことを真剣に考えてくれてて、将来の目標にできるっていうか。大学にはこんな女性もいるんだなって思うと、あたし、もっともっとがんばろうって気になるの。ねえ、お母さんだってそうでしょう？」

「お母さんはその本、読んでないから……」

「じゃあすぐ読んで。読んだらきっと、あたしとおんなじ気持ちになると思うから」

北加世子の著書を差し出してくる娘に、やんわりと言い聞かせる。

「分かった。お母さんも読んでみる。だけどね麻衣子、受験校を選ぶのはもっと慎重になるべきだと思う。教授に憧れるのもいいかもしれない。でもトータルでマイナス要素が多かったりしたら、後でいくら悔やんでも追っつかないんだから」

「あたしは充分慎重だよ。統和医大ならうちから楽に通えるし。そりゃ確かに地方の公立大医学部に行くって選択肢はあるけど。でもお母さんは離婚してでも東京での生活を選んだわけでしょ。あたしだって独り暮らしするよりここにいた方が経済的にも助かるし」

胸を衝かれた。記者として仕事一筋だった自分の人生を、こんな局面で、こんな形で、娘から突きつけられようとは。

「それでね、あたし、医究ゼミの学生相談室で相談してみたの。第一志望を統和医大に変更したいって。そしたら、とにかく来週保護者面談があるから、そのとき一緒に考えましょうって言われたの。だからお母さん、来週の火曜日、この日だけは何があっても絶対に来て」

「分かった。その日は絶対に行く。約束する」

麻衣子は安堵のあまり脱力したように椅子に座り込んだ。よほどの思いを込めて喋っていたのだろう。

それだけに菊乃は心が痛んだ。

普段はおとなしく素直な娘だが、一度こうだと思い込んだら人一倍強情なところがある。それは、取りも直さず自分の性格そのままでもあった。

「でもね、医究ゼミの先生と話してみて、やっぱり国公立がいいって話になるかもしれないよ」

「あり得るとは思うけど、あんまり心配してなくて。だって、受かるかどうか分からない国公立より、確実なところへ行ってくれた方が、合格率が上がって医究ゼミとしても好都合だもん。そりゃあ、難関校の合格者が一人でも多い方がいいって考え方もあるだろうけど、あたし、このところ偏差値が全然上がってないし」

そうではないのだ――

現在までの取材によって、偏差値の高い国公立の医学部ほど、女子学生に対する差別入試を行なっていないという事実が判明している。国公立のトップ校だけでなく、ブランド大と言われる有名私立大学の医学部も同様である。そうした有名校は研修医の志望者が多く、その確保に困っていないからだ。

むしろ統和医大のような、ランクは落ちるが系列病院をいくつも抱えている中堅の私立医大ほど、女子に対する苛烈な差別を行なっていた。

言えない、麻衣子には、どうしても――

「じゃあ、とにかく来週ね。それまで麻衣子は、また風邪をひいたりしないように無理だけはしないで」

「はいはい、分かってますよぉ」

安心したせいか、剽軽《ひょうきん》な口調で麻衣子が答える。

だがこれは、ほんの一時しのぎでしかあり得ない。

菊乃は偽りの笑顔で心を隠し、まだうどんの残っている鍋を持って流し台に向かった。すっかり寛いでいる娘から顔を背けるようにして。

4

火曜日になった。

突発的な事件は起こらず――発生したとしても今日だけはなんとしてもパスしただろうが――菊乃は麻衣子と一緒にお茶《ちゃ》の水《みず》の医究ゼミ本部校を訪れた。

指定された時間は午後六時である。受付で保護者面談の約束を伝えると、一階のロビーで待つよう指示された。

二人してロビーの椅子に座る。すべての照明が点灯しており、本部校の内部はたとえ通路の隅であっても難なく勉強できるほど明るかった。
四、五分ばかり待っただろうか。隙のないパンツスーツの女性が足早に近づいてきた。年齢は四十前後。いかにもベテラン管理職といった風情の職員だ。
「檜葉麻衣子さんと保護者の檜葉菊乃さんですね。お待たせしました、私、本部総合企画部の須《す》永真紀子《ながまきこ》と申します」

総合企画部？

「はじめまして、檜葉菊乃です。娘がいつもお世話になっております」

相手の肩書に不審を抱きつつも、菊乃は娘とともに立ち上がって挨拶する。

「本日の保護者面談なのですが、担当の山之井《やまのい》が急用で、急遽山之井の上司に当たる野木《のぎ》からお母様にお話しさせて頂きます。お嬢様はその間自習室の方へどうぞ」

「えっ、二人一緒だと聞いてたんですけど」

麻衣子の質問に対し、須永はどこかぎこちない笑みを浮かべ、

「いえ、今回はまずお母様とお話ししたいと野木が申しておりまして。野木は立場上すべての生徒のデータを把握し受験指導を担当する責任者でもございますから、山之井以上に有益なお話ができることと存じます」

機械的に話す須永の口調は滑らかで淀みなく、異を唱える余地すらなかった。

「はあ、そういうことでしたら……」

「では、こちらへどうぞ。お嬢様はもしご希望でしたら、英語か数学の主任講師が受験対策の個

別相談に対応させて頂きますが」

「いいです、自習室で待ちます」

麻衣子はそう応じて菊乃を振り返った。

「じゃ、お母さん、後でね」

その言葉には、自分の希望を叶えてほしいという、強い意志が込められていた。

「うん、後でね」

軽く手を振って、須永の方に向き直る。

「すみません、お願いします」

「ではこちらへ」

須永が先に立って歩き出す。

彼女が向かった先は、エレベーターホールだった。どうやらこのフロアではないらしい。八階で下りた須永は、通路の奥にある扉を開けた。

「どうぞ中へお入り下さい」

そこは応接室のようだった。しかも調度の豪華さが違っている。少なくとも学生や保護者相手に使う部屋ではない。明らかに幹部役員の専用室だ。

立ち尽くす菊乃の背後でドアが閉ざされた。次いで須永が歩み去っていく足音が聞こえる。

だが菊乃は、正面に座す人物から目を逸らすことができなかった。

どうして――

間違いない。そして混乱する。

どうしてこんなところに――

そこに座っていたのは、あの女《ひと》だった。

嵌《は》められた――

「驚いておられるようですね、檜葉菊乃さん」

神林晴海は悠然とした態度で着席を促す。

「まずはお座り下さい。立ったままではお話もできませんから」

「結構です」

かろうじて答えた。

「今日はあなたとの面会に来たわけではありませんので」

「妙なことをおっしゃいますね。相手の都合など顧みず、いつでも勝手に押しかけて話を聞き出そうとするのが新聞記者ではなかったのですか」

「あなたが記者の仕事をどう解釈しておられようと自由です。しかし今夜、私は娘の受験について相談しに参ったのです」

考えようによっては千載一遇のチャンスでもある。だが決定的に材料が不足していた。また不意を衝かれたという精神的動揺も無視できない。

「そういうことですので、私はこれで失礼させて頂きます」

「その必要はありませんよ、檜葉さん」

「どういう意味です」

「つまり、今日の面談は私が担当するということです」

必死で頭を回転させる。

医究ゼミは医学部専門予備校の中でもトップクラスだ。特別取材班のうち、社会部教育担当の精鋭が真っ先に当たっている。その結果は確か〈特に成果なし〉だったはずだ。だから自分も安心して麻衣子を通わせ続けた――

「一生懸命考えておられますね、私と医究ゼミとの関係を」

敵は余裕を見せてこちらを呑みにかかる。

「組織として資本提携もないし、天下りどころか人的交流もない。ですが、弊学と医究ゼミとの間には、極秘裏に受験データを交換するシステムが構築されています。極秘裏に、と申しましたが、これは違法でもなんでもない。要するに入試動向の研究会ですね。ただし公表は一切しておりませんし、今後もする予定はありません。御社が把握できなかったのも当然でしょう。もっとも、あなたにはこうして打ち明けているわけですから、たとえ公表されたとしてもどうということはありません」

そういうことだったのか――

「その研究会を通して、医究ゼミは同業者に先んじてデータを入手できる。つまり、弊学とのよい関係を維持したいと望んでいるわけです。分かりますよね、力関係というものです」

「そのシステムについてはよく分かりましたけど、肝心の理由が分かりません。あなたが私に罠を仕掛けた理由です」

「罠だなんて、恐いこと」

「恐いのはこっちです。その心理的効果を狙ってのことなんでしょう?」

「まあ、否定はしません」

神林は効果を充分に意識しているといった顔で、

「ああ、両手はそのまま見えるところに出しておいて下さい。録音されたりするとお互い少しばかり困ったことになりますので」

「この通りです」

菊乃はバッグを足許に置き、これ見よがしに両の掌《てのひら》を振ってみせる。またポケットからスマホを取り出し、電源を切ってバッグにしまった。

「ご理解に感謝します」

満足そうに頷いて神林は続けた。

「御社の接触を受けた医究ゼミの担当者は、これは弊学に貸しを作るいい機会だと考えた。なにしろ、医究ゼミには日邦新聞関係者のご子息やご令嬢が何人も在籍していますからね。一方私は、檜葉菊乃さん、あなたについて調査を進めた」

「私について?」

「ええ。その行為が新聞記者にだけ許された特権だなんて言わないで下さいね。とにかく私は調べました。あなたについて徹底的に。そうじゃないと、まず勝てませんものね」

今や彼女の表情は真剣そのものだった。最初にあった笑みもいつの間にか消えている。

そうじゃないと、まず勝てませんものね。

彼女は確かにそう言った。

光栄だ。敵はそれだけ自分を評価してくれている。

「静岡支局時代にスクープを出しながら、妊娠、出産で記者の仕事を中断せざるを得なかった。そしてパートナーによるDVです。さぞ大変であったこととお察し申し上げます。私には結婚の経験はありませんが、分かりますよ。これでも女ですからね。でもあなたは負けなかった。週刊誌で結果を出し、見事本社の社会部に抜擢された。さすがです。誇るべき経歴だと思います。そんな過去が、あなたという人間を作ったのでしょう」

「申しわけありません、本題をお願いしたいのですが」

「本題ですか」

間を持たせるように訊き返してくる。それも戦術のうちなのだろう。

「本題はこういうことです。『檜葉菊乃の娘が医究ゼミに通っている』。そして『統和医大を第一志望としている』」

敵が攻撃に出た——菊乃は心の中で身構える。

「その報告を受けた私は、すぐに医究ゼミに連絡し、保護者面談の予定を知ってこの会見の場を設定してもらいました」

「会見の場ですか。私には恫喝《どうかつ》の場に思えますが」

「これは言葉の使い方が不正確でしたね。もちろん恫喝でもありません。そうですね、言うなれば、取引の場でしょうか」

「取引？」

「はい」

神林が大きく頷く。

いけない、相手のペースに乗せられては――

「娘さんの各種学習データ、拝見させて頂きました」

なんだって？

「それは――」

「違法でも規約違反でもありません。私は『医究ゼミ特別指導顧問』の肩書を正式に得てから生徒のデータに触れましたから」

恐ろしいまでの用心深さである。

「優秀なお嬢様ですね。さすがに檜葉菊乃の娘だけはある。でも、このところ伸び悩んでおられるようですね。それでも国公立の合格圏内まであと一歩といったところでしょうか。もちろん受験には不確定要素も絡んできますから、不合格になる可能性も大いにあります。しかし、お嬢さんは今になって第一志望を統和医大に変更したいと言い出した。理由は分かりませんが、本人の意志は固いと医究ゼミの担当者から伺っております」

「プロの分析、ありがとうございました。しかし、それは家庭の問題になるのではないでしょうか」

「医究ゼミは受験指導の予備校であり、お嬢様はそこの生徒です。私には特別指導顧問として指導する責任があります」

「なるほど、分かりました。ご指導は承りましたので後はもう――」

「さて、ここからが取引です」

神林が声を張り上げる。

「お嬢様はとても優秀でいらっしゃる。能力、性格とも問題なく、また他者に対する共感力に優れ、それでいて、強固な意志を有している。嘘偽りなく正直に申し上げて、私はこういう女性にこそ医師になってほしい」

「何をおっしゃりたいのですか」

神林の視線がこちらの魂を射貫いてくる。それが途轍もなく痛い。

「もしあなたさえ納得して頂けるなら、お嬢様には弊学の受験をお勧めします。幸い、私の自由になる再来年度分の特別推薦枠が一つ空いておりますので。またこの特別推薦枠での入学者は、場合により授業料が全額免除となります。いかがでしょう」

何が取引だ――これは、これは――

「これは買収じゃないですか」

「いいえ、違います」

神林はきっぱりと言い切った。

「私の本意は先ほど申し上げた通りです。嘘偽りなくとね。お嬢様には、本当に医学の道を進んではしいと心から思っています」

菊乃は怯むことなくこの敵を凝視する。

嘘をついている目ではなかった。しかし、新聞記者の勘は得てしてこういうときに外れるものだ。勘や人情で相手を信用してはならない。

「こういう状況で言い出すからには、買収と言われても仕方ないんじゃないですか」

「だからこそ最初に取引と申し上げたのです。失礼ですが、新聞記者は高給だと伺っております。しかしながら労働基準法第４条、つまり男女同一賃金の原則にもかかわらず、男性に比べ女性の給与は相当に低いのが日本の現状です。ことに新聞記者は泊まり数や夜勤数に応じて、かなりの男女差が出てくるとも伺いました。ましてやあなたはシングルマザーでいらっしゃいます。お嬢様がいくら優秀で勉強熱心とは言え、受験当日に風邪でもひいたりしたら、それこそ長年の苦労が水の泡となる。私立大の医学部に行くことになったり、浪人することにでもなったりしたら、大変な負担となるでしょう。あなたならなんとか払えるかもしれませんが、それでも——」

「いいかげんにして下さい。仮にも私は報道人なんですよ」

「よく承知しています。その上でのご提案です」

武器を探せ、何か反撃の武器を——それも今すぐに——

「私立大の学費が高額なのは承知しています。でも、浪人生に差別的な入試を行なっているのは貴学ではないですか。男子でも浪人は不利なのに、女子ならまず絶望的でしょう。努力に努力を重ね、そんな差別の関門を潜り抜けた先で、一体何を学ぶんですか。しかも〈特別推薦枠〉ですって？　それって、体《てい》のいい裏口入学じゃないですか。娘がなんと言おうと、そんな大学に入れる気はありません。何浪したっていい、有名国立大の医学部に行けと娘に言った方がはるかにましです」

「あなたならそれくらい言うでしょうね、檜葉さん。だってあなたはとても強い人だから」

神林は嗤っていた――次の攻撃が来る――

「でもお嬢様はまだあなたほどじゃない。そんなことを言われたら、とても保たない。それが普通です。多浪生がメンタルを病み、家庭が崩壊する事例はとても多い。あなたは耐えられても、お嬢様は耐えられない。あなたはご自身のエゴでお嬢様の人生を押し潰してもいいとおっしゃるのですか」

的確な攻撃だった。的確に自分の急所を衝いている。

「現実問題として、医学部を志望する五十代の女性受験生が合格点であったにもかかわらず、不合格とされた事例があります。女性は裁判に訴えましたが、敗訴しました。それは、医学部が他の学部とは異なり、医師という職業の養成所としての性格を帯びているからです。つまり医学部の入試とは、医師という職業における事実上の採用試験でもあるのです。いくら合格点であっても、将来的に医師として活動が期待できないのであれば、多大な労力を費やして育成する意味がない。このときの判決が判例として残っています」

その事例は知っている。正確には、取材の過程で知ったことだ。五十代の女性には酷な判決であるが、一方で、〈社会に役立つ医師を一人でも多く育てる〉という医学部の理念も理解はできる。女性差別入試の告発という取材の趣旨からすると、知ればどうしても矛先が鈍ってしまう真実だ。菊乃としても未《いま》だ消化できずにいる問題の一つであった。

「よくお考えになってみて下さい、檜葉さん。あなたは一体、お嬢さんがいくつになるまで浪人させるおつもりですか。そしてそれが、社会にとって有益なことだと本当にお思いなのですか」

この人には勝てる気がしない——だが、このままでは——

菊乃は大きく深呼吸をして、ゆっくりと告げた。

「おっしゃることはごもっともと考えます」

「では——」

「早まらないで下さい。私の考えは変わりません。ここで不正を見逃すくらいなら、たとえ娘の希望が断たれたとしても、娘と一緒にその痛みを分かち合うことを選びます」

神林が目を見開く。

「どういうことでしょう」

「あなたは、娘がどうして貴学を志望するようになったかご存じですか。それでなくても裏口入学の一件で悪評高い貴学に」

「残念ながら、そこまでは分かりませんでした」

正直に答えてくれた——

「娘はね、北加世子さんの著書を読んだんですよ。それですっかり北先生に憧れてしまった」

「北先生の……」

神林晴海が絶句している。こちらの〈武器〉が効いたのだ。

「あなたには打ち明けてもいいでしょう。本当はダメなんですけどね。弊社の取材では、北教授は人格者からほど遠い。少なくとも女性から好感を持たれるタイプじゃないということでした」

あれほど饒舌《じょうぜつ》だった神林が黙っている。

どういうわけか、この〈武器〉は予想以上の効力を発揮したようだ。

「娘が傷つくのを恐れて、私は北加世子がどういう人間なのか、とても言えませんでした。だけど、娘の将来には代えられません。私は娘に本当のことを言います。北教授の本性だけじゃない。統和医大でどういう女性差別が行なわれているか、包み隠さず話します。娘はひどく傷つくでしょう。大声で泣き喚《わめ》くでしょう。嘘だ、信じないと言って私をなじるでしょう。お母さんなんか大嫌いって。でも、それこそが私の受けるべき罰じゃないでしょうか。今まで差別問題から逃げ続けてきた私の」

自分は大きな勘違いをしていた。この〈武器〉は神林一人に対するだけの武器ではなかった。自分に対する武器でもあったのだ。

そうだ――これまで自分はずっと逃げてきた――

「あなたも指摘していた通り、娘はまだまだ未熟です。でも私の娘です。今にきっと、私よりずっと強くなる。そのとき娘は、私の選んだ道を理解してくれるでしょう。そして女性への差別に対し、勇気を持って立ち向かってくれると信じています」

神林が椅子から立ち上がり、何か言おうとした。が、急にすべての力を失ったように再び座り込んだ。

「偉そうに言ってしまいました。私が娘を信頼しているのは事実ですが、それ以前に、こうした取引は報道人としての矜持《きようじ》に関わる問題です。もし私がそちらのご提案を受け入れたとしたら、それは私にとって自死にも等しい行為であって――」

「あなたがそういう人であることは分かっていました」

菊乃の言葉を、神林はなぜか苦しげに遮った。

「お帰り下さって結構です」

「そうですか。では失礼します」

バッグを取り上げ、身を翻して部屋を出る。

振り返らず、エレベーターホールまでまっすぐに歩く。一階に戻り、受付で娘を呼び出してもらう。

すぐに駆けてきた麻衣子が、待ちかねたように訊いてくる。

「お母さん、どうだった」

「そうね……」

考え込みながら早足で出口に向かう。

麻衣子が追いすがってきて執拗《しつよう》に問い質す。

「もう、もったいぶらないで」

「引き分け、といったとこかな」

「引き分け？　どういうこと？」

「痛み分けと言った方がいいかもしれない」

「全然分かんないよ。はっきり言って」

「帰ってから話すわ」

すると、麻衣子が横で息を呑む気配がした。

「どうしたの、お母さん」

「え、何が」

「お母さんの顔、すごく恐い」

「そう……」

今の自分がどんな顔をしているか、想像すらしたくなかった。

「ねえ、何があったの」

「痛かったわ」

「痛かった？」

「ええ、だから痛み分けなのよ」

医究ゼミの校舎を出て歩き続ける菊乃の脳裏には、最後に見た神林晴海の顔がまざまざと残っていた。

押し寄せる苦痛に、懸命に抗《あらが》おうとしている顔。

痛み分けだ。

Ⅳ
最後の対決

1

ともに無言で帰宅したのち、ダイニングテーブルに座って向かい合う。

「さあ、話して」

憤然と麻衣子が促す。当然だろう。

「面談の結果はどうだったの。第一志望、統和医大でオーケーだった？　それとも国公立に挑戦しろって言われたの？　ねえ、どうだったのよ」

菊乃は覚悟を決めるしかなかった。適当なことを言って問題を先送りにしても、将来的に麻衣子が受けるであろう傷を大きくするだけだし、それ以前に、娘に対して不誠実であると考える。

そうだ、今こそ娘と正面から向き合うべきときなのだ――

「今日の面談はね、そんな話じゃなかったの」

「え、どういうこと」

「これからお母さんが話すこと、最後まで聞いてちょうだい。途中でいろいろ言いたくなるだろうけど、とにかく聞いて。いいわね？」

「いいけど、なに？」

不穏な気配を察したのか、娘が緊張に身を硬くするのが分かった。

心の中で深呼吸をし、菊乃は一つずつ、順を追って話し始めた。

統和医大の裏口入学事件を取材する過程で、そんな不正とは次元の異なる、女子学生への差別入試の実態が明らかになったこと。

また女子学生だけでなく、多浪生についても同じ不正が行なわれていること。

それは統和医大に限らず、一部の有名大学を除く全国の医大、及び医学部で常態化していること。

医局制度の崩壊と医療現場の混乱がその不正を招いたこと。

現役医師の多くがその事実を認めていること。

自分は新聞記者として、また女性として、真実を報道しようとしていること。

しかし、大学入試に携わる当事者の決定的な証言がどうしても得られず、未だ記事として報道できずに苦労していること。

今日医究ゼミの担当者として自分を待っていたのは、他ならぬ統和医大の入試担当理事であったこと。

その理事から、麻衣子を特待生として統和医大に迎える用意があるとして、言外に買収を持ちかけられたこと。

そしてそれをきっぱりと断ったこと――

麻衣子は無言で聞いていた。

途中から――女子一律減点の詳細について話しているときから――涙を流していたが、それでも身動き一つせず、自分を見つめ、黙って話を聞いていた。

娘の涙に、心を動かされなかったと言えば嘘になる。それでも菊乃は、動揺を押し隠し、淡々と話し続けた。

話が終わり、ダイニングキッチンを沈黙が包み込む。

菊乃は喉の渇きを覚えたが、水を飲みに立ち上がることさえできなかった。目の前で声を上げずに泣いている娘から、涙を拭こうとさえしない娘から、目を逸らしてはならないと強く思った。

不意に。

「き……たせ……せいは……」

麻衣子が何事か呟いた。その声はあまりに小さく、かすれていて、はっきりとは聞き取れなかった。

「え、なに」

訊き直さずにはいられなかった。

「ごめん、もう一度言って」

「北先生は……」

ああ、それか――

「北先生は……本の中で、女性には、あか……明るい未来が……」

ひび割れた動かぬ唇で、麻衣子は懸命に何かを告げようとしている。

その内容は聞くまでもなかった。

「北加世子教授についての調査報告データは、特別取材班の作成したファイルにあるわ。北教授は理事の一人だから、差別入試を知らなかったはずがない。知っていながら、知らないふりして無責任なきれい事だけを言ってるの。ファイルにはもっと書いてある。北加世子という人物がどうやって教授の地位を手に入れたか。特別取材班の出した結論は、この人は何があっても女子に対する不正を証言しないだろうってこと。お母さんも同じ意見。悪いけど、お母さんはどうしてもこの人を受け入れられない」

麻衣子は何も言わずに立ち上がり、自室に入ってドアを閉めた。

それきりなんの物音もしない。菊乃もじっとダイニングチェアに座り続ける。

今頃になって、夕食を取っていないことに気がついた。

しかし空腹は感じない。それはたぶん、麻衣子も同じことだろう。

テーブルに突っ伏し、菊乃は声を殺して泣いた。

やはり娘を傷つけた――でも、こうするより他になかった――

言いわけではない。だが母として、娘の痛みを我がものとして感じていた。

どうして女だけが、こんな苦しみに耐えねばならないのか。

ただ女であるというだけで。

ごめんね……ごめんね……

泣きながら、菊乃はいつまでも娘に詫び続けた。

翌朝、麻衣子は泣きはらした顔で部屋から出てきた。手にバッグを持っている。そのまま登校するつもりなのだ。

「ご飯くらい食べていきなさい。昨夜《ゆうべ》も食べてないでしょう。ちゃんと食べないとダメ」

母親らしいことを言ってみたが、麻衣子は「おはよう」さえ言わずに出ていった。

最悪だ――

閉ざされたドアを見つめながら、深い自己嫌悪を感じずにはいられない。

昨夜のことをまたも悔やんだ。しかしあの年頃の娘に何をどう言ったところで、結果は同じであっただろう。

あれでよかったのだ――

強いて自分に言い聞かせる。ここで自分まで駄目になってしまったら、麻衣子はどうなる。誰があの子を支えられるというのか。

無事に学校まで行けるのか。無事に授業を受けられるのか。麻衣子のことは心配だったが、今は娘を信じるしかない。

あの子はきっと分かってくれる。だから自分は、自分にできる精一杯のことをやる。

昨日の〈面談〉を思い出す。神林晴海との対決だ。

気のせいか、北教授の名前を出した途端、彼女は動揺していたように見えた。脳細胞のすべてを動員して集中し、頭の中であのときの様子を再現する。間違いない。神林晴海は確かに動揺していた。だからこそあそこで面談を打ち切ったのだ。

では、彼女はなぜ動揺したのか。

しかも単なる驚きだけではない。疲れ、倦《う》み、納得しているようでもあった。考えられる可能性としては、彼女もまた、北加世子という人物の処し方を知っていて嫌悪しているということだ。

証言者となり得るのはやはりあの人——神林理事しかいない。

室内に向き直った菊乃は、冷蔵庫へと歩み寄り、決然とドアを開けた。娘に偉そうなことを言いながら、自分も昨夜から何も食べていなかったのだ。

冷蔵庫の中には、麻衣子が買ったらしい袋詰めの焼きそばが何袋かあった。キャベツとニンジン、ベーコンも残っている。それにコンビニのプリンとゼリー飲料も。

充分だ——

菊乃は急いで野菜を洗い、焼きそばの調理に取りかかった。エネルギーを補給し、今日の戦いへと臨むために。

その日は日邦新聞本社で特別取材班の合同会議が予定されていた。菊乃は取材班から外された身であったが、相模が堀江デスクに取りなしてくれたおかげで、なんとか出席することだけは許された。しかし、相模からも「絶対によけいな発言はするな」と釘《くぎ》を刺されている。和藤達は急にアポの取れた取材のため不参加だ。

正面に座った東海林部長は菊乃の出席に気づき、大きな口を開いて怒鳴りかけたが、思い直したように黙り込んだ。

会議は各班の報告から始まった。教育担当、都庁担当、遊軍、いずれもさしたる収穫なし。相模をはじめとする司法担当も同様である。

またも進展なしで終わるのかと会議室内に徒労の空気が満ち始めたとき、省庁担当のキャップである栗本《くりもと》が思わぬことを話し始めた。

「霞《かすみ》が関《せき》で偶然耳にしたんですが、永田町《ながたちょう》には医療関係の女性議員を供給するルートがあるそうです。そこで政治部の同期に頼み込んでご教示を仰いだところ、そいつが言うには、『日本看護師連合会』が一大票田になっているんだとか。つまり、この看護師連合会が会員の中から適任だと認めた候補者を推薦すると、友好関係にある与党の派閥が党に推薦を要請する。次に歴代の派閥の領袖、これがもう錚々《そうそう》たるメンツなんですが、この大物達が選挙で支援に回ると。こうして看護師連合会は政界に議員を送り込み、自分達の要望を政治に反映させるというシステムです。このルートで議員になったのは、元法務大臣の畑山三智子《はたけやまみちこ》、文科副大臣の参宮橋洋子《さんぐうばしようこ》、それから——」

「要点だけ簡潔に言え。ここは政治部じゃないんだぞ」

堀江の突っ込みに、散発的な笑いが起こった。

「すんません。つまりですね、医療関係の出身だから、医学界の事情には他の議員より詳しいわけですよね。しかも女性で、看護師の苦労はよく知ってる。だからこうした政治家に当たってみるってのはどうでしょうか」

「もしかして、おまえ、政治家から医大関係者に口を利いてもらおうとか、圧力をかけてもらおうとか言ってんじゃないだろうな」

「まあ、そういうことになりますかね」

栗本の返答に、堀江デスクは呆れたように言う。

「おまえさあ、社会部の取材をなんだと思ってんだよ」

「待て、堀江。そいつはいけるかもしれんぞ」

それまで腕組みをして座っていた東海林部長が、おもむろに身を乗り出した。

「そのルートで政界入りした議員先生は、看護師連合会の期待を背負ってるわけだよな。看護師なら女性差別なんてとんでもないって言うだろう。だったら、今回に限ってはウチと利害が一致してるんじゃないのか」

「部長、それは邪道ってやつじゃ……」

東海林は反論しようとした堀江を睨み、

「最初からずっと聞いてたが、今日もこんな体たらくだ。邪道だとか言ってられる場合じゃないだろう。それともおまえは、取材を打ち切った方がいいってのか」

「いえ……」

堀江は言い返せなかった。

いけない――

焦燥に駆られ、菊乃は落ち着かない思いで周囲を見回す。

それをやったら、まずいことになる――

一同に向き直った東海林は、尊大な態度で命じる。

「よし、では省庁担当と遊軍で元看護師の政治家を当たれ。そうだ、医療関係出身の政治家もいるよな、栗本」

「はい、むしろそっちの方が多いくらいです」

「じゃあそれも含めて当たってみろ。政治部の方には俺から話を通しておく」

「部長っ」

気がついたときには、菊乃は立ち上がって発言していた。

横で相模の舌打ちが聞こえた。

「医療関係出身の政治家に当たるのは危険です。再考をお願いします」

「なんだおまえはっ」

案の定、東海林が激昂《げっこう》する。

「誰がおまえの出席を許したっ」

「私自身の責任で出席しました」

「おまえになんの責任が取れると言うんだ」

「聞いて下さい」

出せる限りの大声を張り上げて強引に続ける。

今ここで言ってしまわねば――

「選挙が絡んでいる以上、政治家は出身母体との結びつきが強いと思われます。だとすると、証言を促してくれるどころか、こちらの動きを相手に伝えかねません。業界からの金が流れ込んでいる可能性も考慮すべきでしょう。最悪の場合、取材にストップがかかる可能性もあります」

「きいたふうなことを言いやがって。このまま特別取材班解散なんてことになってみろ、俺達は社内の笑い者だぞ。それでもいいのかっ」

改めて理解する。部長にとっては、社内での体面が第一なのだ。

「取材自体が崩壊するばかりか、今後このネタに触《さわ》れなくなるリスクさえあります。どうかご再考を」

「もういい、早く出ていけっ。おまえは二度と本社に顔を出すなっ」

「お願いします、部長っ」

抵抗する菊乃を、相模が無言で引っ張り出そうとする。堀江デスクも飛んできて、菊乃を力ずくで室外へと連れ出した。他の面々は、一様にしらけた表情で黙っている。

会議室のドアを外から閉め、堀江が振り返った。

「檜葉、今のはおまえが正しい」

「えっ?」

驚いて堀江を見つめる。

「だが社会部長に逆らったんだ。おまえは相当まずいことになる」

「でも私はっ」

「分かってる。当面は俺がなんとか抑えるから、おまえ達P担はできるだけ早く結果を出せ。なんでもいい、とにかくやるんだ。この取材をやり抜くにはそれしかない」

そして視線を相模に移し、

「頼んだぞ、相模」

それだけを言い、堀江は足早に会議室の中へと戻った。

外に取り残された菊乃は、相模と顔を見合わせる。

「まあ、なんだ」

相模は茶色いハンカチで同じく茶色い顔の汗を拭い、

「デスクはやっぱり中立なんだな。敵でも味方でもない。さっきのはおまえの意見が正しいと思ったからああ言ってくれた。それ以上でもそれ以下でもねえってこった」

「分かってます」

「だがデスクが作ってくれた時間はとんでもなくありがたい。俺達はその間になんとかするしかねえ」

菊乃は大きく頷いた。

だが――一体何をすればいいのか。

それを今から見つけねばならない。一刻も早く。

2

痛み分けだ——

医究ゼミでの〈面談〉を終え、神林晴海はのろのろと立ち上がった。

部屋を出ると、自分を待っていたらしい須永が声をかけてきた。

「お疲れ様でした。これでよろしかったでしょうか」

「ええ、いろいろご面倒をおかけしました」

須永に礼を述べ、事務室と職員室に寄って何人かに挨拶してから帰途に就く。

帰宅して簡単な夕食を済ませ、入浴し、そして布団に入っても、晴海の脳裏から檜葉菊乃の顔が離れなかった。厳密には、顔と視線だ。

強靭な視線をまっすぐにこちらへ向け、自らの信念を堂々と口にした。

——でも私の娘です。今にきっと、私よりずっと強くなる。そのとき娘は、私の選んだ道を理解してくれるでしょう。そして女性への差別に対し、勇気を持って立ち向かってくれると信じています。

本気で信じているからこそ、臆することなく言えるのだ。自分にはとてもそんな勇気はない。

こちらからの接触に衝撃を受けていたようだが、それでも用意した提案は躊躇《ちゅうちょ》なく拒否した。痛み分けどころか、完敗と言ってもいい。

長らく太陽の下で干していないため、湿気を含んだ布団の中で、晴海は呻き、寝返りを繰り返す。

檜葉菊乃。彼女に対し、自分は戦略を誤った。搦《から》め手からの懐柔など、しょせん彼女に通用するものではなかったのだ。むしろ彼女からの軽蔑を招いたのではないかとさえ思う。それが晴海には最もこたえた。

敵でありながら、いや、敵であるがゆえに、その人からだけは侮られたくない。そう思った。

自分はどうしてあんな下策を採ってしまったのだろう。買収にも等しい取引など、彼女が受けるはずもないことは明らかであったのに。

いや、彼女が嘘をつかなかったように、自分も嘘をつかなかった。

檜葉菊乃の娘に、統和医大に入学してもらいたいと願ったのは本当だ。叶うのならば、彼女の娘が自分達の大学で、強く優しい医師として成長していくのを見ていたかった。理事として充分なサポートもしてあげたかった。

夢だ。何もかも。こうして眠れぬ夜を過ごしながら、自分はあらぬ夢を見ているのだ。

理事会の席上で、晴海は檜葉菊乃との交渉に失敗したことを包み隠さず報告した。

「なんてことをしてくれたんだ」「まったくヤブヘビじゃないか」「それでも常務理事か」「策士

策に溺れるとはこのことだ」「やっぱり女には荷が重すぎたんだ」「これだから事務員上がりは」

出席していた理事達から、さまざまな罵声を浴びせられた。知性の砦たる大学の理事会とは思えない、野卑な悪口雑言ばかりである。ことに「女には云々《うんぬん》」といった無自覚の女性差別的発言には強い憤りを覚える。そもそも、そうした差別意識こそがすべての発端ではなかったか。

北加世子教授はすべてが他人事のような顔で、ただにこやかに笑っている。

あらかじめ覚悟していたので、晴海は神妙に聞くふりをして受け流す。まともに受け止めていたらこちらの精神が壊れてしまう。それだけは分かっていた。

「……で、これからどうするつもりですか、神林理事」

晴海の吊《つる》し上げが一段落したところで、本間理事長が尋ねてきた。

「はい、日邦新聞の出方を待って適切に対応していきたいと存じます」

その途端、「なんだそれは」「官僚答弁じゃないんだぞ」「自ら辞職するのが筋ではないのかね」といった罵声が飛んできた。中でも「官僚答弁」と口にしたのが厚労省から天下ってきた佐伯《さえき》理事であるところが、彼らの厚顔無恥ぶりを証してあまりある。

「君らしくもないね、神林君。どういう対応なのか、もう少し具体的にお願いしますよ」

理事長に促され、晴海はやむなく返答する。

「具体的には考えておりません」

ふざけるな、といった怒声を遮り、本間はさらに突っ込んできた。

「なるほど、それはなんらかの意図があってのことなんでしょうね」

「はい。皆様のご指摘にもございました通り、こちらから動くのは逆効果となりかねません。同じ過ちを繰り返す愚を避け、裏口入学の件に端を発する一連の騒ぎが収まるのを待つのが得策かと考えを改めました次第でございます」

「それでは常務理事の役職を設置した意味がないのではありませんか」

そう発言したのは、国際医療交流センター長の川宮理事だった。即座に「そうだ、そうだ」と賛同の声が上がる。

「ご指摘の通りかと存じます。もし理事の諸先生方がそうお考えでしたら、私はすぐにでも常務理事を退任するつもりでございます」

「まあまあ、私はそこまでする必要はないと思いますよ」

本間が皆をなだめるように言う。

「おそれいります」

「それで神林君、もう少し君の本音を聞かせてもらえませんかね」

まがりなりにも理事長だけあって、温厚そうな口調とは裏腹に、本間の追及は厳しかった。

「はい。この場合、私どもの取り得る最善手は否認の一手かと存じます。つまり、どんなことがあろうと入試における不正は認めない。証拠も証人もない以上、新聞は絶対に書けません。週刊誌やその他の媒体が嗅ぎつけたとしても、せいぜい『疑惑がある』程度の含みを持たせるのが関の山でしょう」

「その間に世間が忘れてくれるのを待つというわけですか」

「はい。この際ですから、私から改めて皆様に申し上げます」

晴海は列席している面々を見回して、

「誰に何を訊かれようと、絶対にお認めにならないで下さい。証言者さえいなければ何も問題はないのです。マスコミ、中でも新聞記者にはしたたかな手合いが揃っておりますから、きっと皆様を引っ掛けようとさまざまなレトリックを駆使してくるでしょう。仮に引っ掛かったとしても、その場で否定し、後は沈黙を貫くこと。そしてすぐに私まで連絡して下さい。以上、周知徹底をお願いします」

「なるほど、さすがは常務理事だ」

そう発言したのは、意外にも蜂須賀副理事長であった。

彼はいかにも機嫌がよさそうな様子で、

「どうです、理事長。頼もしい限りではないですか。ここは一つ、このまま神林君に常務理事を続けて頂くのがよろしいのでは」

「そうですな」

理事長の同意を受け、蜂須賀は久米井事務局長に目配せする。

「皆様、ご異存はございませんか」

久米井がすかさず決を採る。

理事長まで同意している以上、副理事長の提案に反対する者はいなかった。

蜂須賀の意図は明らかである。何かあった場合の切り捨て要員として用意した常務理事の役職だ。それを場の勢いで解任されてはたまらない——大方そんなところだろう。

「さて、ここで皆様にご報告があります」

蜂須賀が柄にもなく明るい声を張り上げる。彼の上機嫌には何か理由があったのだ。

「佐伯理事、お願いします」

蜂須賀に指名され、非常勤である佐伯理事が立ち上がった。

「えー、本学が不名誉な疑惑に晒されておりますことは、まことに遺憾な事態でございます」

裏口入学の件では依頼者である政治家がすでに逮捕され、学長と理事長が起訴されているというのに、あえて「疑惑」と称している。そこに佐伯の傲慢が表われていると晴海は思った。

一方で女子差別入試に関しては、世間的には未だ「疑惑」ですらない。

「そこで私は旧知の仲である参議院議員の薪田光恵《まきたみつえ》先生にご相談を致しました。ご存じの方も多かろうと思いますが、薪田先生は北明《ほくめい》大学医学部のご出身であり、医学界の事情に精通していらっしゃいます。先生は私どもの苦境に大いにご同情下さったばかりか、もし一部の心ないマスコミに医学関係者の名誉を汚《けが》さんとするような動きがあれば、ただちに然《しか》るべき処置を行なう旨、お約束下さいました」

出席者の間から「おお」と嘆声が漏れる。中には拍手している者までいた。

つまり、佐伯は政治家を味方につけたと言っているのだ。

道理で普段は顔も出さない佐伯が出席しているわけであり、蜂須賀の機嫌がいいわけだ。

「私からのご報告は以上でございます」

「ありがとうございました、佐伯理事」

蜂須賀は佐伯を慰労し、視線を晴海へと向けた。

「そういうわけだ。幸い、先ほど神林理事から報告のあった日邦新聞を別にすると、今のところマスコミがこの件で問い合わせてきたという話は他学からも出ていない。案外心配する必要はないかもしれんが、油断大敵とも言いますので、神林理事も今後一層本学のため力を尽くして下さい」

普段のふるまいからはとても考えられない常識的な言動である。他の理事達も驚いているようだった。

「はい、ありがとうございます。精一杯務めさせて頂きます」

晴海にはただ謙虚に低頭することしかできなかった。

理事会が終わり、自分の執務室へと戻ろうとしている途中、晴海のスマホにＬＩＮＥのメッセージが届いた。
［またアルジャンで待ってるから］
北加世子教授からだった。
［いいですね］
その場で返信し、すぐにＣ棟へと向かう。
前回は誘いの文面にこちらの都合を尋ねるようなニュアンスがあったが、今回は無条件で来るものと決めつけている。

理由を告げて断ることもできたのだが——実際に多忙なのだ——晴海はあえて誘いに応じた。

前回と同じ席で、北教授はコーヒーを飲んでいた。

店内はやけに蒸し暑く、そのせいか、他に客はいなかった。壁面に「現在空調システムの修理中でご迷惑をおかけしております」との手書きの貼紙がある。庶務からそういう報告が上がっていたことを今になって思い出した。

「お待たせしました」

教授に軽く挨拶してから、晴海はペパーミントハーブティーを購入して席に着いた。

「さっきは大変だったわね」

理事会の席上では終始知らん顔をしていた北が同情するように言う。

「ありがとうございます。でも、それが常務理事の仕事ですから」

「今日の蜂須賀先生、なんだかご機嫌だったわね。まるで別人みたい」

迂闊に相槌《あいづち》も打てず、ただ微笑んでいると、北はいきなり声を潜め、

「でも安心しちゃ駄目よ。蜂須賀先生は抜け目がないから。業界と癒着してる政治家を味方にできて今日はご満悦だったけど、ちゃっかりあなたをキープした。万一のときには人身御供《ひとみごくう》にする気なのよ、あの爺さん。あたしも若い頃はほんとひどい目に遭ったんだから」

晴海は、北がかつて蜂須賀教授の愛人であったという噂を思い出した。もう三十年以上も昔の話だ。

「それを注意してあげたくてあなたを呼んだの」

「お気にかけて頂いて感謝します」

「でもあなた、新聞記者に罠を仕掛けるなんて、凄いわね。まさかそこまでやるとは思ってなかった」

「罠だなんて、そんなのじゃないんです。こちら側に引き入れられないか、感触を探ってみたっていうか……」

「それを罠って言うのよ。残念ながら失敗しちゃったけどね」

軽い口調で言う北に、晴海はいらだちを覚えずにはいられない。

この人にとってはやはりどこまでも他人事なのだ――

「もし成功してたら大金星だったのに、惜しいことしたわねえ」

「いえ、私もそこまでうまくいくとは思っておりませんでしたし……」

「でも、ちょっとは勝算があったから実行したんでしょう?」

「はい」

明確に肯定すると、北は自分で振っておきながら意外そうな表情を見せた。

「え、それって、どんな勝算?　よかったら教えてちょうだい」

「嫌です」

檜葉菊乃に対する最大限に近い敬意。もしかしたらこちらの立場を理解してもらえるかもしれないという微かな期待。それらを北加世子に告げると、何か大事なものが破壊されてしまうような気がしたのだ。

「なんですって？」

北は信じられないというふうに目を見開き、

「よく聞こえなかったわ。悪いけど、もう一度言ってくれない？」

「嫌だと言ったんです」

北教授のまなじりが見る見るうちに吊り上がった。

「ちょっとそれ、どういうこと」

「日邦記者の説得が失敗した一因は、北先生、あなたにあるということです」

教授は呆気《あつけ》に取られたようにまじまじとこちらを見る。次いで得意の、人を小馬鹿にしたような笑みを浮かべ、

「あなた、頭がおかしいんじゃないの。あたしはその場にいさえしなかったのよ。そのなんとかっていう記者に会ったこともないし。なのにあたしがどう関係してるっていうわけ？」

「日邦新聞はあなたがどういう人か、詳細に把握していました。過去に遡って隅々まで調査したようです」

北の顔から一切の表情が消えた。

「『北教授は人格者からほど遠い。少なくとも女性から好感を持たれるタイプじゃない』とも言っておりました。教授のことを慮って、だいぶソフトな言い方をしてくれたのだと思います」

「あなたはそれを信じたってのの？　騙《だま》されたのよ、こすっからい新聞記者に」

「いいえ」

言うまいと思っても、もはや自分で自分を抑えられなかった。

「言われなくても知っていました。私だけじゃありません。本学の教職員はほとんど知っていると思います」

「あなた、正気？　正気でそれを言ってんの？　このあたしに」

「はい」

「呆れた。あんた、それでもウチの理事なの？　自分にその資格があると思ってんの？」

「はい。本学を守るため、外部に対して不正入試を隠蔽する決意に変わりはありません。しかし、不正入試、女性差別はたとえゆっくりであっても将来的になくしていくべきと考えますし、後進に悪影響を与えかねない人物には相応の対応をすべきであると考えます」

「ふざけないで」

北の眼光が般若《はんにゃ》のそれに変貌した。

「あなたはなんにも分かってない。医学のためにあたしがどれだけの犠牲を払ってきたか。結婚なんてしてたら医師として学ぶべきことも学べない。論文を書いてる暇もない。ましてや子供なんて産めるもんですか。育児なんてやってたら、医師として男には追いつけない。本当はあたしだって子供を産みたかった。こう言うとあなたは驚くかも知れないけど、あたし、子供が大好きなのよ。それでもあたしは何もかもあきらめて医学に人生を捧げたの。なのに生理はやってくる。育休を取って平気で患者を放り出す女にも、真面目に当直医を務める女にも平等にね。とんでもない不条理だわ。生理痛に耐えてひたすら残業する日々を、あたしは何十年も続けてきた。どんなにつらくて、苦しい年月だったことか」

北教授はヒステリックに叫んだ。長年溜め込んでいた怨念が爆発したのだ。

怯んではならない——

「どうなのよ、あなたに分かるって言うの」

「分かります」

晴海は落ち着いて答えた。

「私も女ですから」

虚を衝かれたように教授が黙る。

「生理も重い方だと思います。私も結婚をあきらめ、今日まで仕事に邁進《まいしん》して参りました。正直、子供は欲しかった。亡き父や母に孫の顔を見せてあげたかったです。でも、それをしなかった。すべて自分で選んだことです。自分で選んだ。そこが大事なところだと思います。社会は女が自分で選ぶことを許してくれない。だけど私達は違う。先生も私も、自分で選んだ。だからこそ、人のせいにすべきでないと思いませんか」

「全然思わないね」

意地を張っているのではない。教授は本当に分からないようだった。

世代の差か——

「社会はね、端から端まで、どこまで行っても男に都合のいいようにできてんの。知ってる？

男には生理なんてないの。メイクだってしなくていいの。いつもしたい放題にふるまって、女だからとバカにする。自分で選んだ？　バカ言ってんじゃないわよ。そういうのはね、男も女も完全に対等な社会になってから言うことね。男のために作られてる制度の下で、女が負けないように生きていこうと思ったら、やり方はすっごく限られてるわけ。選択肢が最初からとっても少ないわけ。それで女は泣く泣くどっちかを選ぶしかない。大抵は男に従属する方を選ぶけどね。あたしは違った。珍しくもなんともない。単に少数派だったってだけ。どっちにしたって、『自分で選んだ』なんて死んでも言いたくない。選べるような社会だったら、誰があんなジジイどもと――」

そこまで言って、教授は我に返ったようだった。

「もういいわ。そんなこと、あなたと議論したって始まらない。今のは全部忘れてちょうだい」

そして前回と同じくセルフサービスのトレイをそのままにして立ち上がり、振り返ることなく去っていった。

放心したようになって、晴海はしばらく立ち上がれなかった。

やはり言うべきではなかった――

己が浅慮を後悔する。自責の念が我が身をさいなむ。

だが、いつまでもこうしてはいられない。二つのトレイを重ねて持ち上げ、返却口まで運んでいたとき。

コンクリートの柱の陰に、誰かが立っていることに気がついた。

「あなた……」

手つかずのコーヒーとクッキーが載ったトレイを手にした三浦絵美香だった。

「もしかして、今の話、聞いていたの」

絵美香は蒼白な顔で頷いた。


鷺宮の自宅に着いた。

「さあ、入って」

玄関の鍵を開けた晴海は、背後の絵美香を促した。

「お邪魔します」

中に入った絵美香は、もの珍しそうな声を上げた。

「すごい、まさに〈おうち〉って感じですね」

「恥ずかしいわ。単に古いだけよ」

「そんなことないです。私、ずっとマンションでしたから、お庭のある一戸建てが憧れだったんです」

「そんないいもんじゃないわよ。庭だって手入れが大変だし。実際、私がほったらかしにしてるもんだから今はもう荒れ放題。雑草のジャングルになってるわ……さあ、こっちよ」

晴海は絵美香を茶の間へと招き入れる。天井から吊り下がったレトロな四角いペンダントライトのひもを引っ張ると、二、三度瞬いてから蛍光灯が点灯した。

「待っててね。今お茶を淹《い》れるから」

「あっ、手伝います」

「いいのよ、そのまま座ってて。久しぶりのお客なんだから」

廊下を挟んだ台所で水の入った薬罐《やかん》をガスコンロに置き、スイッチを捻る。考えてみれば、統和医大の同僚をこの家に招いたのは初めてのことだった。

たわいない世間話をしながら、とっておきの茶葉を入れた急須に、沸騰した湯を注ぐ。急須と湯呑み、それに茶菓子のあられを盛った皿を盆に載せて、茶の間へと戻った。

「さあ、どうぞ」

「いただきます」

絵美香は、おいしいです、と呟きながら茶を啜っている。

そのどこか思いつめたような横顔を見て、晴海はおもむろに切り出した。

「それで、全部聞いてたの、私と北先生の話」

「全部じゃないです……途中からですけど……いえ、やっぱり全部かな……」

アルジャンで相当なショックを受けていた絵美香を案じ、晴海は自宅へと誘ったのだ。学内で話すにはあまりにも微妙にすぎる話題であった。

「一休みしようとアルジャンに入ったら、神林さんと北先生がいらっしゃるのに気がついて……盗み聞きなんてするつもりなかったんですけど、途中からあんな話になって、お声がけするわけにもいかなくなって……本当にすみませんでした」

「謝ることなんてないのよ。私だって、あんな話になるなんて思ってもいなかったもの」

「北先生はひどいです。あんな言い方……でも、私……」

そこで絵美香は、一旦言葉を切ってから、

「私……もしかしたら、北先生のこと、誤解してたかもしれません……」

「実は私もそうなの」

そう言って、晴海は静かに湯呑みを口に運んだ。

「神林さんもですか」

「ええ。北先生はどうしても好きになれない人だけど、アルジャンで先生が言っていたことは、はっきり言って、その通りだと思った。一理どころか、二理も三理もあると思った。北先生の時代は、きっと今より女性蔑視がひどかったはずよ。だから先生は、あんなふうにならざるを得なかった。そうやって、ずっと闘ってこられたんだわ」

絵美香はじっとこちらを見つめながら聞いている。

「でもね、今はもう時代が違う。先生みたいなやり方は通用しない。それどころか、女性の地位を貶《おとし》めるだけ。でも先生には、もう分からないのね。価値観が古いとか、頭が固いとか、そういうのじゃない。これまでの闘いがつらすぎたせいで、もう意地でも認められなくなってるんじゃないかな」

「私も、そう思います」

それきり、二人ともなんとなく黙ってしまった。

しばしの沈黙があって、俯《うつむ》いていた絵美香が突然顔を上げた。

「あの、私、統和医大に就職する前、別の会社で働いてたこと、ご存じですよね」

「ええ、面接時の資料で見たわ。あなたからも直接聞いたし。確か、有名な商社だったよね」

「有名と言えば、まあそうかもしれません。知名度はある会社でしたから。新卒で入社できて、当時は有頂天でした。倍率も高かったから、自分の能力が認められたんだって」

「そりゃこんな時代だもの。嬉しいに決まってるわよ」

「でも、すぐにそれが単なる勘違いだと気づいたんです。職場ではいつも〈姫〉って呼ばれてました。同僚から名前で呼ばれたことはほとんどありません。悪意はないと分かってても、いい気持ちはしませんでした」

分かる。〈姫〉とは女性の若さだけを尊ぶ言葉だ。それは〈お局様〉とセットになった差別意識に他ならない。

「別の課で得意先との会食があったとき、関係ない私まで出席するように言われたんです。若い女がいた方がいいからって。新人の私には断る勇気なんてありませんでした。来客があると、『お茶出しといて』って当たり前のように言われるし」

よほど鬱屈していたのだろう、絵美香の話はとどまることがなかった。

「仕事柄、男性の先輩と出張に行くことも多かったんです。すると、ホテルで必ずと言っていいほど誘われて……タクシーの中で触られることなんてしょっちゅうでした。今思うと、なんでもっと怒らなかったのか、自分が情けなくて仕方がありません……」

実際に絵美香は涙をこぼしていた。

「上司はよく言ってました。女子は合コン要員だとか、社員の花嫁枠だとか。すると場が盛り上がるんです。女の子も話を合わせて、『誰それクンじゃなきゃヤダァ』とか言ってはしゃぐふりをしたり……私も例外じゃありませんでした。あの頃の自分を殴ってやりたいです」

「それは違うよ、三浦さん」

「えっ?」

「殴るべきは当時のあなたじゃない。上司の方よ」

「あっ、そうですよね。そうだ、あんな奴、殴っておけばよかった」

今日初めて絵美香が笑った。が、すぐにまた暗い顔になって、

「もっと嫌だったのは、そういう上司や同僚に、積極的に取り入ろうとする女性社員もいたことです。ちょうど北先生みたいに。でも、私だって波風立てないようにって話を合わせてやり過ごしてた。そうしないとやってけなかったんです。何がなんでも自分の仕事を実現するんだっていう意志やエネルギーなんて私にはとてもなかったけど、北先生は違ったんだと思います。私には北先生を批判することなんてできません」

晴海は差別構造の複雑さを思う。北加世子のような女性を非難するのは簡単だ。だが、それで問題は解決しないどころか、よけいな分断を生むだけであることを、今日思い知ったばかりである。

「結局、一年くらいで辞めました。とうとう耐えられなくなって……一年もよく保ったと思いま

す。だって、自分の企画やアイデアは全然採用されないし……いえ、採用されないのは仕方がないと思います。なんと言っても新人だし、きっと未熟な部分があったでしょうから。耐えられないのは、そういう積極的な姿勢を示したときに、決まって上司や同僚が浮かべるあの曖昧な嗤いです。『おまえは何をがんばってるんだ？』とか、『なんか勘違いしてんじゃないの』といったニュアンスの……分かります？」

「ええ、分かるわ」

「あのまま続けてたら、きっと壊れてたと思います、私」

よくある話だ。女性なら誰でも経験する。否定する男は、単に想像力が欠けているか、無神経なだけである。

「しばらくぶらぶらしてから、父の知り合いの紹介で統和医大の事務局に入ったんです。コネ入社です、すみません」

「謝る必要なんてないって。他の人だってそうだもの」

「でも神林さんはそうじゃないって聞いて、すごいなあってずっと思ってました」

「運がよかっただけよ」

「そんなことありません、神林さんは本当にすごいです」

絵美香はむきになって言葉を重ねた。

「統和医大でも、セクハラやパワハラはありました。でも、そのたびに神林さんがそれとなく注意してくれて、どれほど嬉しかったことか。他の人だってみんな言ってます。神林さんのおかげで、統和医大はとっても気持ちのいい職場になったって」

「そんなこと……私はただ……」

「いいえ、だから神林さんが理事になって、私達は本当に喜んだんです。これでもっと女性が働きやすい職場になるかもしれないって……でも……」

そこで絵美香はなぜか言葉を濁した。その理由は想像できる。

「遠慮しなくていいから。言っていいのよ。むしろ言ってほしい」

そう促すと、彼女はようやく思い切ったように言った。

「入試の女子差別、あれはやっぱり間違ってると思います」

やはりそれか——

「最初は私も、統和医大の職員として、医療現場の実態を考えると仕方ないのかなって思ってました。人の命が第一だって……いいえ、違います、やっぱりそれは言いわけです。自分を正当化してただけです。本当は、この歳になって仕事を失ったらどうしようって……それが恐くて……だから、私……」

晴海は改めて絵美香を見る。

正直な人だ。正直で真面目だ。それだけにさぞ苦しかったことだろう——

「お願いです、神林さん。女子の差別入試、あれはもうやめさせて下さい」

「もちろんそのつもりよ。私もあれはひどいと思ってる」

「だったら——」

「でも今すぐは無理。理事会で私が提案したとしても、圧倒的多数で却下されるだけ。おそらく、提議すらできないと思う」

「分かります。じゃあマスコミに打ち明けて――」

「それは絶対駄目」

意図的に力を込めて否定する。檜葉菊乃の顔が脳裏をよぎった。

「あのことを暴露されたら、ダメージが大きすぎる。統和医大だけの問題じゃない。医療現場でがんばってる人みんなが混乱する」

「でも、それくらいしないと何も変わらないと思います」

「だから私も今がんばってるの。一日も早く力をつけて、理事会で入試の正常化を図る。そして大学運営の健全化、女性差別の撤廃を実現する。その目標があるからこそ、私も耐えていけるのよ」

「そんなの、気が長すぎます。入試が改革されるまでに受験した人達はどうなるんですか」

「分かってちょうだい」

優しく言い聞かせるような口調で言う。

誰に対して？　絵美香と、そして自分自身に対してだ。

「さっきあなたが言った通りよ。こんなひどい時代だし、みんな仕事を失うことを恐れてる。仕事があるってことは、本当に大事なことなのよ。みんなそれで家族を養い、生活してるんだから。みんなの暮らしを破壊する勇気は私にはない」

「みんなってことはないと思いますけど」

「確かにそう。でも今の理事会を見ていると、誰かがきっと責任を取らされる。不正に関係しているかどうかじゃない。誰かが必ず犠牲になる。私だけで済むならそれでもいいわ。賭けてもいいけど、たぶんそうはならない。おそらく、本間先生や蜂須賀先生から目障りだと思われてる職員から順に切られると思う。例えば、私に近いとみなされてる職員」

「それって、もしかして、私じゃないですか」

「ごめんなさい」

晴海にはただ詫びることしかできなかった。

「広報の玉置さんとかもそうじゃないですか。事務局長の久米井さんは蜂須賀派だから、そういうの、全部蜂須賀先生に筒抜けになってますよ」

「たぶんね」

絵美香は自らを励ますように、

「だけど、確実にそうなるって決まったわけじゃないでしょう。いい方に転ぶ可能性だって――」

「そうかもしれない。でも、最悪のリスクが残っている限り、私は理事としてなんとしてもリークを許すわけにはいかない。みんなの生活を守ること。それが私の責任なの」

絵美香はまたも黙ってしまった。まさかこういう形で自分にも関わってこようとは、想像もしていなかったのだ。

誘わない方がよかったか――

晴海は少なからず後悔する。意図せずして後輩を怯えさせてしまった。だがそれは決して偽りではない。絵美香をはじめとする職場の仲間を守ること。それが自分の大きなモチベーションとなっていることは間違いない。

「本当にいいおうちですねえ。私もこんなおうちに住んでみたい」

気まずさをごまかそうとしたのか、絵美香は再び周囲を見回した。

「ありがとう。ここは家族の思い出が詰まった家だから……」

そう言いかけて、晴海は自ずと口をつぐんだ。

「どうしたんですか、神林さん」

「いえね、セクハラとか、男女差別とか、そうしたものの根底にあるのが〈家〉の制度じゃないか、なんて思ったものだから」

「家制度、ですか」

「ええ。お父さんは働いて家族を守り、お母さんは家で子育て。それが正しい家族の在り方だなんて言う人、いるでしょ、今でもいっぱい」

「ああ、いますよね。想像力のかけらもない人達。だったらシングルマザーの家庭なんて、〈正しくない家庭〉になっちゃいますよね」

「そういうこと」

頷きながら、晴海は檜葉菊乃の家庭を思い浮かべていた。

彼女はシングルマザーだ。しかし娘を立派に育てた。彼女の家庭を〈正しくない〉と平気で言える人間を自分は憎む。

しかし、自分がこの家にこだわる理由は、まさにその唾棄すべき〈家〉の制度に則《のつと》ったものではないのか——

男性と男性優位の社会が作ってきた制度そのものを見つめ直す。そうした発想が今後はもっともっと必要とされてくるだろう。

窓の外で、ぱらぱらと音がし始めた。雨だ。

「いけない、私、そろそろ……」

慌てて立ち上がった絵美香に、

「傘、持ってる?」

「いいえ」

「じゃあうちのを使って。コンビニで買ったビニール傘だから、返さなくていいわ」

「すみません」

「駅まで送っていきましょうか」

「大丈夫です。道は覚えてますから」

「本当に大丈夫?」

「ええ。神林さんまで濡れちゃったら申しわけないですし」

玄関に向かいかけた絵美香は、短い廊下の途中で振り返った。

「神林さんのお考えは分かりました。私はいつでも応援しています」

「え？　ああ、ありがとう」

出し抜けのことであったので、多少困惑しつつも晴海は礼を言った。

「でも、私自身の考えは別です。さっき言った通り、差別入試はすぐにでも明らかにすべきです。不正の隠蔽なんて、セクハラやパワハラとおんなじだと思います」

薄暗い廊下で、晴海は絵美香の強い視線を受け止める。

雨の音が大きくなった。

3

電話に出る前から悪い予感がした。発信者名は相模と表示されている。

今日も本社で特別取材班の合同会議があったのだが、前回のこともあり、さすがに出席はできなかった。

信濃町《しなのまち》で取材を行なって帰る途中、菊乃は路上でスマホを耳に当てる。

「檜葉です」

〈俺だ。さっき会議が終わった。結果だけ教えとこうと思ってな〉

それだけで予感が的中していたことが分かる。

〈栗本の野郎、ナントカって政治家に接触したそうだ。そしたら大目玉食らったらしくてよ、一体なんの証拠があってそんなデマを調べてるんだ、近頃の記者はレベルが落ちたって説教までされたってさ。それだけじゃねえ。社長に厚労省の偉い人から電話がかかってきて、ただでさえ逼迫している医療現場によけいなストレスくれてんじゃねえ、今度心臓発作起こしても医者紹介してやんねえぞコラ……とまあ、そういう意味の脅しをかけられたそうだ〉

よけいなストレスはこっちだよ――思わずそう言いたくなった。

相模一流の〈要約〉だろうが、予想していた以上に悪い話だ。

〈政治部からも、勝手なことしやがってと物言いがついた。ま、当然だわな。今社内じゃ特別取材班を解散するかどうかで大揉めだ。政治家への取材は自分の言い出したことだから、部長は取材を断念したくともできない。自分のメンツが丸潰れになっちまうもんな。取材班の連中だって納得しない。なので部長は、そもそものネタを持ち込んだおまえを名指しで非難しまくってる。絶対に潰してやるとか言ってよ〉

悪い話などではなかった。最悪の話だった。

〈……聞いてるか、檜葉〉

「はい、聞いてます」

〈それでさあ、これは俺とデスクの一致した意見なんだけどよ、偉い人がそれだけギャンギャン言ってきたってことは、おまえのネタがいいとこ衝いてたって証拠じゃないかな〉

低下していた血糖値が急激に高まったような気がした。

〈だからおまえはあの線……ええと、なんだっけ〉

「神林理事ですか」

〈そうだ、そっちを全力で当たれ。必要なら一番機から三番機まで全部回す。とにかく急げ。部長はデスクが抑えると言ってくれてる。だがいつまで保つか知れたもんじゃねえ〉

「了解です。すぐに当たります」

スマホをしまい、歩き出す。

だが、勇壮な足取りとはほど遠い、闇夜をさまよっているかのような心細さを感じていた。

あの神林晴海に差別入試の全貌を証言させる——不可能としか思えない命題だ。

しかも、早くしなければもう二度と日邦でこのネタを取材することはできなくなる。

どうすればいいのか、菊乃は未だ手がかりの片鱗《へんりん》さえつかめずにいた。

とにかく家に帰って考えよう——幸いキャップも神林に専念しろと言ってくれてるし——

早い時間帯に帰宅できるのはありがたかった。

医大や医学部入試における女子学生差別について打ち明けてから、麻衣子とはほとんど会話していない。食卓で向き合っても、ただ黙々と食事するだけの日が続いていた。

本当は言ってあげたいことが山ほどある。だが何を言うのも恐かった。母親が娘を恐がるというのも変な話だが、麻衣子はそうした変なところだけ自分に似て、言い出したら聞かない傾向がある。自分が十代だった頃を思い出すと、よけいなことを言えば言うほど頑なになるのは目に見えていた。

ここは時間とタイミングに任せるしかない——半ばあきらめの境地でそう決めていたのである。千駄木のマンションに戻ると、娘はまだ帰っていなかった。あれから医究ゼミには行っていない——それだけ不信感を募らせたのだ——と言葉少ない会話の中で言っていたから、まだ学校に残って自習でもしているのだろう。

室内着に着替え、夕食の準備をしていたとき、麻衣子が帰ってきた。

「おかえりなさい」

ニンジンを切りながら振り向くと、麻衣子は驚いたようだった。

「お母さん、帰ってたの」

「ええ、今日は早く帰れたんだ」

「そう」

そっけなく言って、麻衣子は自室へ引っ込んだ。

今日も駄目か——

心の中でため息をつき、まな板に向き直ったとき。

「お母さん、今ちょっといい？」

自室にバッグを置いて出てきた麻衣子がいきなり言った。

「話したいことがあるんだけど」

「え、今？」

「うん。ダメ？」

「いいよ、ちょっと待って」

包丁を置いて鍋を煮ていたガスコンロの火を止め、手を洗ってダイニングチェアに座る。麻衣子もその向かいに腰を下ろした。

だが、なかなか話し出そうとはしない。じっとテーブルの表面を見つめている。

「ねえ、どうしたの」

こちらから促すと、麻衣子はようやく口を開いた。

「あたしね、今日痴漢に遭った。電車の中で」

「えっ」

「お尻触ってきて、あれって思ったら、やっぱり後ろにそれらしい男がいて」

「ちょっと、麻衣子」

「大丈夫。いつものことだから。『やめて下さい』って大声で言ってやったらどっかへ行ったし」

そうだ。自分にも覚えがある。ありすぎるほどだ。女性にとって、それはまさに「いつものこと」なのだ。

しかし母親としては、娘からそんな話を聞かされて平静でいられるものではない。

「本当に大丈夫なの？　どんな奴だった？　跡をつけられたりしなかった？」

「だから大丈夫だって。何かあったら、もっと大騒ぎしてるって。友達も一緒だったし」

「駅員の人とか、なんでもっとしっかり対処してくれないんだろう……防犯ブザーとかちゃんと持ってる？」

「一応持ってはいるけど……それよりさ、今日のホームルームで、担任の戸嶋《とじま》先生、なんて言ったと思う？」

「さあ、なんて言ったの」

「女子は脳の構造が違うから理数系には向いてない、背伸びしないで自分に見合った学校を志望するのが一番だ、浪人したりしたら婚期が遅れるばっかりだって」

「うそ、本当にそんなこと言ったの？」

菊乃は呆れた。担任の戸嶋という教師は、定年を間近に控えたベテランで、それだけに専横的なふるまいが目立ち、評判はよくない。だが校長やPTA会長に取り入るのがうまいため、同僚の教師も批判できないという話を数少ないママ友から聞いたことがある。

「完全なセクハラじゃないの、それ」

「だからあたし、抗議してやったの。『先生、それ完全にアウトですよ』って。そしたら、『教師に向かってアウトとはどういうことだ』って言うから、『現在では社会的に不適切な発言だということです』って教えてやったら、『自分がいつ不適切なことを言ったんだ』って。『おまえみたいなのが増えたから少子化が進むんだ』とか喚き出して。もう話にもなんない」

昨今の常識からするとあり得ない発言だが、学校の現場にはこういう教師が今でもごく普通に〈いる〉のである。そして校内で誰よりも幅を利かせている。

「他の女子生徒はなんて言ってたの」

「なんにも。中には調査書を重視する大学を志望してる子もいるから、ここで担任に逆らったりしたらなに書かれるか分からないし。まあ、ほとんどの子は『いつもの戸嶋だよ』って聞き流してただけだと思うけどね。でも……」

そこで麻衣子は急に涙声になった。

「あたし、悔しかった……よりによって担任がそんな意識でいるなんて……」

気丈にふるまってはいたが、やはりショックだったのだろう。

「痴漢は犯罪者だけど……でも学校の先生は……他のみんなだって、どうしてもっと……もうやだ、こんな社会……」

菊乃は立ち上がって我が子を抱き締めずにはいられなかった。

「お母さん、ごめん……」

「何を謝ってんのよ」

「お母さんは、こんな社会を告発しようとがんばってるんだよね」

「ええ、そうよ」

「差別入試の話……それから北先生の話……いろいろ混乱して、お母さんと口もきけなくなって……」

「いいの。麻衣子が気にすることなんて何もない」

「あたし、分かった……自分がなんにも分かってなかったって……」

「だからあんたのせいじゃないって。さあ、涙を拭いて。そんなに泣いてちゃ、小さかった頃の麻衣子に戻ったみたい」

テーブルの上にあったティッシュペーパーのボックスから、数枚取って娘に渡そうとする。

だが麻衣子は、ティッシュペーパーではなく、菊乃の手をつかみ、

「お母さん、がんばって……あんな奴らに負けないで……あたし、絶対に応援してるから」

「うん、分かってる」

「お母さんはすごい……女がこれだけバカにされてる社会で……今日まで、一人で……」

「ありがとう。麻衣子がそう言ってくれるだけで、お母さん、本当に嬉しい」

菊乃は自分で娘の涙を拭ってやった。麻衣子はそれこそ幼かった頃のように、じっと母親に任せている。

「あ……」

驚いたように目を丸く見開いた麻衣子に、

「どうしたの」

「お母さんも泣いてる……」

「えっ」

驚いて左手の指を頬に当てる。本当だった。

「お母さんも、子供みたい」

泣きながら麻衣子が笑う。

「そうね、二人とも子供みたいね」

そして母子で抱き合い、声を上げて泣いた。

その夜、麻衣子は早めに床に入った。

菊乃は一人、自室で取材ノートを広げ、パソコンのディスプレイを睨み続ける。

神林晴海。自分は未だこの人の実力を理解しきれていなかった。

大胆な実行力。瞬時の決断力。そして、それらの合間にほの見える懐の深さ。何を取っても、自分とは大違いの器量だと感じた。

その大きさ、器量の意味は何か。菊乃は懸命に考える。自分と神林晴海との違いは一体何か。

大学と新聞社という違いこそあれ、自分には一つ所に踏みとどまって、その場所を改革しようなどとは思いも寄らない。彼女はそれを実行に移したばかりでなく、今は体を張ってその場所を守ろうとしている。言わば巨大な防御の盾なのだ。

自分にはとてもできない――

考えれば考えるほど、自分の小ささ、敵の大きさを思い知らされるばかりである。

思い切って発想を変えてみる。

神林晴海は、自らの役職に対する責任感と、女性への差別に対する怒りとを確実に併せ持っている。この二つの要素のうち、後者に訴えかけることで自分はこれまで突破口を見出そうとしていた。だがその試みは、より強力な前者によってことごとく阻まれた。

根本から間違っていた。この人を説得するには、二つの要素を同時にカバーしなくてはならない。そのためには、人間としてもっとこの人物の奥底を理解することが必要だ。

もう何度目になるか分からないが、神林晴海の経歴を改めてチェックし直す。

一九七九年、東京都生まれ。本籍地、東京都中野区鷺宮。現住所同じ。父神林健次郎《けんじろう》、母神林咲子《さきこ》の長女。兄弟、妹はいない。地方在住の親族とは疎遠で、交流はないに等しい。配偶者なし。現在交際中の人物なし。

都立東京社会科学大学《とうきょうしゃかいかがく》卒業後、統和医大事務局に新卒で就職。コネではないため、この時点で相当に優秀な人物であったことが窺える。就職後は、事務局におけるさまざまな改革案を打ち出し、学内での評価を高め、多くの人望を得る。

多くの人望――

これまでの取材を振り返る。神林晴海について問われた人の多くが、「立派な人です」「優しい人です」「尊敬しています」と、口々に賛嘆の言葉を述べていた。批判や中傷を口にする人はほぼいなかった。これは、菊乃の経験から言っても極めて珍しい例である。

そのため、かえって「皆に好かれている人なのだろう」と単純に理解していた。何か欺瞞があるという意味ではない。神林理事が裏表のある人間でないことは、直接会ったときに実感している。

見過ごしていたのは、「なぜそこまで好かれるようになったのか」ということだ。

〈優しくていい人〉が好かれるのは当たり前だ。誰も無視できないほどの実績を上げたため周囲から評価されたというのも理解できる。では、「なぜそうした実績を上げることが可能だったのか」。あるいは、「なぜそんな課題に積極的に取り組もうという気になったのか」。そして「男性優位なこの社会でどうしてそれが克服可能であったのか」。

それらを明らかにするところから始める必要がある。

残された時間はあまりに少ない。いつ特別取材班の解散、取材中止を言い渡されるか分からない状況なのだ。なんとしてもそれまでにやり遂げねばならなかった。

麻衣子のために。現実に打ちのめされているすべての女性のために。


翌日から菊乃は再び統和医大の関係者に話を聞いて回った。神林晴海の警告があるから、大学の敷地内には入れない。また電話も使えない。いきなり電話して「神林理事について教えて下さい」と尋ねても、あらぬ誤解と反発を招くだけだ。残る手立ては、ひたすら大学周辺で網を張り、直接話を聞くことしかない。

丸一日粘ったが、これといった成果はなかった。

それでもあきらめるつもりはなかったが、誰かが大学側に通報したのだろう、警備員が近づいてくるのに気づき、菊乃は退散を余儀なくされた。

一旦引き揚げ、相模らに相談する。

松本楼のテーブル席で、しばし考え込んでいた和藤が言った。

「檜葉さん、神林晴海と特に親しい職員のリストがあったよな」

「はい、あります」

「こうなったら決め打ちでそいつらに直接当たるしかないだろう」

「直接当たるって……」

「自宅で待ち伏せだ。出勤時だと全員はとても無理だから、夜討ちしかない。できるだけ帰宅途中に押さえて、後は自宅前、残りは自宅訪問だ。しかも一日でやらないと、次の日にはあっちで情報が共有されてるだろうからもう無理だ。オレ達で手分けして一斉に当たる」

「自分もそれしかないと思います」

甲斐田が即座に賛同する。

「基本的には賛成ですけど、女性の檜葉さんならともかく、和藤さん、いえ、僕らが当たったら向こうが警戒しませんか?」

首を傾げながら言う西森を、和藤が横目で睨みつけた。

「つまり、オレ達の顔がコワいって言いたいのかよ」

「別にそんなつもりじゃ……でも今の和藤さんの顔、かなりコワいっすよ」

甲斐田も考え込むように、

「それはルッキズム的に問題だろう、西森。ここで女性だからいいっていうのも、取材の趣旨に反するんじゃないかなあ」

「そんなこたぁ、この際どうでもいいんだよ、もう」

相模がいらだたしげに言う。

「そもそもブン屋ってのは強面《こわもて》だと相場が決まってるんだ。イケメンだろうがブサイクだろうが、男だろうが女だろうが、ネタが取れさえすればなんでもいい。え、どうだい檜葉」

「その通りだと思います」

話を振られ、菊乃は答える。

「ただし、相模キャップの言い方は問題アリでしょう」

「昔の漫画だったら『ぎゃふん』とか言うところかな」

相模の冗談に笑ったのは和藤だけで、甲斐田と西森は意味が分からないようだった。菊乃はかろうじて分かったが、とても笑っていられるような心境ではなかった。

「今までは統和医大のスキャンダルについての取材、という形を取ってきましたが、今回はあくまで神林さんの話をメインにして下さい」

全員が頷く。方針は決まった。

相模の指揮の下、菊乃達はその場で各自の分担を決める作業に取りかかった。幸い大学職員の帰宅時間は、一般の企業に比してバラバラだった。これは待ち受ける側にとっては都合がいい。

だが、それでも一日で当たりきるには人手が不足していた。

「しょうがねえ。デスクに電話して遊軍から何人か回してもらおう」

相模の提案に、西森が驚いたように言う。

「え、そんなことしたらデスクもキャップも部長から睨まれませんか」

「バレたらな」

「そもそも、部長に逆らってまで遊軍が、いえ、それ以前にデスクが協力してくれますかねえ」

甲斐田がもっともな疑問を呈する。

「分からねえ。ある意味、堀江さんは部長以上に肚の見えねえ人だ。だが話してみる価値はある」

「それは危険すぎるのでは」

菊乃も思わず不安を漏らす。

「大丈夫だ。最悪でも部長にチクるなんてことはねえはずだ。やるんだったらとっくにやってる」

確かに相模の言う通りであった。堀江は自分の取材継続を黙認してくれた。ここは信じるしかないだろう。

「遊軍の中には部長よりもデスクを信頼してる奴が何人かいる。そいつらに声をかけてくれりゃ、なんとかなる」

現場独特の信頼関係というものだろう。昔に比べて今はだいぶ淡泊になったとも聞くが、これもやはり信じるしかない。

「やりましょう」

腕組みをしながら決然と応じたのは和藤であった。

「ここでやらなきゃ、オレはカミさんに合わせる顔がない。そうだ、誰がなんと言おうとオレはやる。オレはそのためにブン屋になったんだ」

彼の言葉に、全員が頷く。

スマホで電話をかけながら、相模が一旦店を出る。数分後、彼は片手の親指と人差し指でマルを作って戻ってきた。

全員が大きくため息を漏らす。

電話を切り、椅子に座りながら相模が言う。

「決行は明日の夕刻。十六時スタートだ」


午後七時前の早稲田《わせだ》通りは、行き交う学生達で昼間以上に賑《にぎ》わっている。

高田馬場駅を出て早稲田方向に少し歩いたところで、菊乃は前を往《ゆ》くコートの後ろ姿に声をかけた。

「すみません、ちょっとよろしいでしょうか」

怪訝そうに振り返った女性が、こちらの顔を見てたちまち怯えの色を浮かべる。やはり覚えていたのだ。

「前にもお声がけさせて頂きました日邦新聞の檜葉です。ちょっとよろしいでしょうか、三浦絵美香さん」

三浦はすぐさま車道の方に視線を遣る。前回と同じくタクシーで逃げるつもりなのだ。

「心配しないで下さい。今日は統和医大ではなく、神林晴海さんについてお話を伺いたくて」

「神林さんの？」

「あの人が有能で人望のある方だということは分かっています。なので、私はあの人にとても興味を惹かれたんです」

これまでの取材から、三浦絵美香が神林晴海と最も親しい職員であるということが判明している。そのため菊乃は三浦を本命と位置付け、特別な切り出し方をしたのだ。

しかし、どうやらそれは逆効果でしかなかったようだ。

「お話しすることは何もありません。これ以上つきまとうと通報します」

人通りの多い早稲田通りでなければ、問答無用で大声を上げられていたところだろう。

「一分だけお話しさせて下さい。私は神林晴海さんが、どうやってあんな素晴らしい業績を上げられたのか、そのことについて知りたいんです」

「神林さんが何か不正でもしたとおっしゃりたいんですか」

「まったく逆です。神林さんがそういう人ではないことを私はよく知っています。だからこそ知りたいんです」

三浦絵美香が意外そうに目を丸く見開いた。

午後十一時五十分過ぎ。浜松町《はままつちょう》にある西森の自宅マンションに集まったP担の五人は、それぞれの収穫について報告した。さらには堀江が密かに動員してくれた遊軍からの報告も続々と上がってくる。相模や他の面々のスマホに電話をかけてくる者もいれば、LINEやメールで簡潔にまとめたメモを送ってくる者もいた。中には直接、西森の自宅を訪れる者までいる。

本社の幹部に動きを悟られないよう、社屋内に集まるのを避けたのだ。

2DKのマンションは、たちまち汗臭い運動部の部室か、雀荘のような空気に包まれた。西森が独身で同居人もいないため、みな好き勝手にふるまっている。築浅のＲＣ造なので、隣室に物音の伝わる心配が少ないことは幸いだった。

西森は迷惑そうな顔一つ見せず、誰か来るたび冷蔵庫から缶ビールを取り出しては「お疲れ様っす」と手渡している。

「おまえんちの冷蔵庫にはビールしか入ってないのかよ」

呆れたように甲斐田が言うと、西森は至って真面目な顔で、

「そうですけど、何か？」

「悪かった。分かってて聞いたんだよ」

ばつが悪そうに甲斐田が謝る。

新聞記者、ことに若い記者は予期せぬ泊まりが何日も続くことがある。冷蔵庫に食材を用意しても、腐らせてしまうばかりなのだ。人にもよるが、西森のようにすべて外食やコンビニ弁当で済ませる独身の記者は少なくない。

「甲斐田は家庭第一だからな」

遊軍の誰かが言うと、別の誰かが混ぜっ返す。

「俺や和藤さんとこと違って夫婦仲がいいからな」

「おい、おまえと一緒にするなよ。オレんとこだって円満だよ」

和藤が抗議するが、みんな笑うばかりで取り合わない。いかにも気心の知れた仲間内といった空気であったが、和藤夫妻の事情を知ってしまった菊乃は、痛ましさにも似た何かを感じずには

いられなかった。たとえそれが、他人の人生を勝手に理解したような気になっているだけの傲慢であったとしても。

「おまえら、くだらねえバカ話はそのへんにしとけ」

Ａ４のコピー用紙をセロハンテープでつなげた手書きの表を睨んでいた相模が注意する。

「それよりちょっとこっちに集まってくれ」

その言葉が終わらぬうちに、室内にいた全員が相模や菊乃達の陣取ったコタツ机の周りを取り囲んでいる。

「みんなの報告を書き出した表がこれだ。中でも重要と思われる部分には、赤いマルを付けてみた」

真剣な視線が赤いマルの箇所に集中する。

「後は檜葉、おまえに任せる」

「はい」

相模に託され、菊乃は新聞紙よりも薄いかと思われる座布団の上に座り直す。

「取材の結果、興味深い事実が一つ判明しました。私達がこれまで重視していなかった点です。すなわち、神林晴海は事務局員でありながらなぜ理事にまで出世できたのか。ここにいる皆さんには今さら言うまでもありませんが、神林が何か卑劣な手を使ったという意味ではありません。彼女がそういう人物でないこと、いいえ、むしろそうした手段を忌み嫌う人物であることは明らかです。そのため学内に信奉者も多いけれど、逆に経営陣からは疎まれている。ここです。経営陣から疎まれている人が、どうして理事になることができたのか。彼女のキャリアが理事就任に必須の要件を満たしていたこと、何より実績と人望がずば抜けていたということもあるでしょう。しかし、そもそも女性が斬新な改革案を打ち出したところで、それが容易に採用されるほど大学の現場は開放的な世界ではありません。では一体なぜか。鍵はこの人物にあるというのが私の結論です」

菊乃は赤い二重マルの付けられた人名を指差した。

「小山内源壱」

その名を指差したまま、菊乃は一層の力を込めて話を続ける。

「小山内源壱。統和医大前医学部長で、同大の発展に寄与した最大の功労者です。今回取材に応じてくれた人のほとんどが、神林晴海の大恩人であると教えてくれました。また神林理事本人も、この人を心から尊敬し、父親のように慕っていたそうです。つまり、大実力者である小山内教授という後ろ盾があったからこそ、神林晴海はさまざまな改革案を実現できたし、理事にもなれた。実際、彼女を理事に推薦したのは小山内教授だったと証言する人もいました」

「逆に言えば、神林晴海を最もよく知っているのはその小山内先生ってことになるな」

無精髭《ぶしょうひげ》の伸びた顎を撫でながら和藤が言う。

「おっしゃる通りです。しかし、小山内先生はかなり以前に退職しておられました。なんでも、治療困難な難病を発症されたそうです。新研修医制度が導入された数年後のことらしいので、時期的には二〇〇〇年代後半だろうと思われます」

「ちょっと待って下さい。その頃には神林晴海はまだ理事どころか、事務局の中間管理職だったわけですよね。学外から影響力を行使してたってわけですか」

甲斐田の質問に、菊乃は自分のノートを開き、

「はい、小山内教授——退職時は名誉教授ですが、統和医大のことを常に案じて、理事長や学長と電話で連絡を取り合っていたそうです。事務局員の三浦絵美香さんが先輩から聞いた話として教えてくれました。彼女の話によると、神林晴海を理事に推薦したのは間違いなく小山内先生で、それを最後に連絡が途絶えたと学長が漏らしていたそうです。本人の希望で、入院時からすべての面会を断っており、ご年齢とご病気のことを考えると、すでにお亡くなりになっていると考えられます」

盛り上がりかけた一同が、そこであからさまに意気消沈するのが分かった。

菊乃は自らを鼓舞する思いで告げる。

「しかし、そこまで統和医大と神林さんのことを案じていた方のことですから、周囲の人に何か言い残している可能性は高いと思います。ノートなどに書き残していることだって考えられます」

「それを聞き出すなり発見するなりできれば、神林晴海に対する説得材料になるかもしれないってことですね」

西森が言った。

「その通りです。私は明日から着手するつもりです」

「よし、この線はおまえに任せた。もちろんＰ担も引き続き掩護《えんご》する」

そう言って、相模は一同に向かい、

「みんな、今日はご苦労だった。遊軍の皆さんもお疲れ様でした。これで一旦解散とします。終電がないって人、もしくは帰るのが面倒だって人は、こんな所でよかったら好きに泊まってってって下さい。冷蔵庫にはビールもまだ残ってますんで」

「こんな所って、ここは僕の家ですよ」

西森が驚いたように抗議するが、相模は平然と続けた。

「そこにいる小僧がなんか言ってますが、気にしないでどんどん飲《や》って下さいね」

気にするどころか、遊軍の何人かはすでに冷蔵庫からビールを出して飲んでいるし、中には押入れから勝手に布団を出して敷いている者までいる。

「おう西森、おまえ、近くのコンビニ行ってよう、なんかつまみになりそうなもん、適当に買ってこいや」

「支払いはどうすんすか、キャップ」

「おまえ、客に金払わせるつもりかよ」

「あの、これって完全にパワハラですよね」

「パワハラだとお？　冗談じゃねえよ。俺達はな、寂しい後輩を慰めてやろうと思って言ってんだよ」

相模は新しいビールを開缶し、和藤や遊軍の助っ人を相手に飲みながら世間話を始めた。しばらく居酒屋代わりに居座るつもりなのだろう。

一つ間違えば、いや、間違わなくてもパワハラを超えたいじめと非難されるべき言動である。しかし当の西森はやれやれと笑いながら肩をすくめている。双方が承知している新聞社の〈文化〉なのだ。そうなると、同じ社の新聞記者でありながら、女である自分には何も言えない。つくづく難しい問題であり、時代であると菊乃は思う。

「じゃお先、失礼しまーっす」

甲斐田はさっさと帰っていく。さすがに家庭第一だけあって逃げ足が速い。菊乃もそそくさと甲斐田の後に続いて辞去した。

明日からやるべきことは決まった。

これが不発に終わったら、今度こそ打つ手はない――最悪の結末をあえて頭から振り払い、菊乃は駅に向かって足を速めた。

先の見えない夜の底を歩きながら、ふと思った――あの人をこのまま追いつめていいのだろうか。

菊乃には神林晴海の苦衷《くちゆう》が、まるで我が事のようにも感じられる。

自分があの人だったら。逆にあの人が自分だったら。

あの人が女性への差別を肯定しているはずはない。自分の焦燥は彼女の嗚咽《おえつ》だ。彼女の決意は自分の覚悟だ。

だが、やるしかない。たとえそれが自分のエゴであっても。偽善であっても。

やるしかないのだ。

4

晴海のデスクで、内線電話ががなり立てた。蜂須賀副理事長からだった。

「神林です」

〈蜂須賀だ。手が空いてたら、ちょっとこっちに来てくれんかね〉

大学全体が非常事態にある状況下で、手が空いていることなどあるはずもないのだが、副理事長の要請に対して断ることなどできはしない。

「分かりました。すぐに伺いますので、しばらくお待ち下さい」

〈いい話だから、急いで来たまえ〉

明るく親しげな口調。はっきり言えば猫撫で声で告げ、電話は切れた。

晴海はため息をつき、バッグを取り上げる。

事務局の職員に、「しばらく副理事長の所にいます」と言い残し、本部中央棟を出た。

何かある――

蜂須賀の口からいい話など出るはずはない。だがわざわざ自分を呼びつけてまで、一体何を話すつもりなのだろう。

警戒心を抱きつつ、キャンパスを横切って医学部のあるA棟へと向かう。医学部長の執務室は最上階に当たる十四階だ。エレベーターを降りると、迎えの秘書が待っていた。

「神林理事、ご多忙の中、ご苦労様です」

愛想よく言い、秘書は晴海を丁重に医学部長の執務室へと案内した。

こういう仰々しさが蜂須賀の好みである。小山内が健在であった頃にはなかったことだ。

「神林理事がいらっしゃいました」

ドアをノックしてから開け、晴海を中へ通して秘書はすばやく去った。話の内容には極力関わりたくないといった風情である。

後には、デスクを前にした蜂須賀と晴海だけが残された。

蜂須賀はいかにも作り笑いといった笑顔で立ち上がり、

「いやあ、わざわざすまんね。まあ座ってくれ」

来客用のソファを勧め、自分もその向かいに座る。

「早速だがね、君にいい話があるんだ。厳密には、本学と君にとってだ」

本学にとって?

いよいよ分からなくなった。

「まず本学についての方から話そうか。君の報告にあった例の日邦新聞だがね、そこの記者が新田光恵先生に接触してきたそうだ。社会の木鐸を自負するわりには、新聞記者とはずいぶん世間知らずなものなんだねえ。薪田先生はここぞとばかりに叱ってくれたそうだよ。また派閥のボスである松河《まつかわ》先生にも相談して下さった。松河先生も大いにご立腹でね、その場で厚労省に電話までして下さったらしい。なにしろ松河先生は元厚労大臣だからね」

「日邦の……なんという記者ですか」

晴海の質問に、蜂須賀はいぶかしげに訊き返す。

「なんでそんなことを訊くんだね」

「いえ、先頃より本学周辺をうろうろしております例の記者かどうか気になりまして」

蜂須賀は「ああ」と納得したように、

「名前までは聞いてないねえ。なんでも、へらへらした調子のいい男だったそうだよ」

男――男か――

それを聞いて安堵する。

安堵？　自分がどうして安堵など。

「いずれにせよ、これでもう日邦新聞はウチに手を出せなくなったわけだ。特別取材班も間もなく解散になるだろうという話だ」

「これも蜂須賀先生に先見の明があったおかげです」

神妙に頭を下げると、蜂須賀はいよいよ得意げに、

「それで、もう一つの方だがね、ウチの系列下にある福島国際医科大学《ふくしまこくさいいか》、あそこの副理事長をやっておられる広岡《ひろおか》先生が近く退任されることになったんだ。そこで、後任に君はどうかという話になってね」

「えっ、私が」

「うん、先方も大乗り気でね。これが理事長なら選挙に勝たねばならんが、副理事長なら理事長権限で指名できる。そのためにはまずあっちに赴任して理事になっておく必要があるがね、まあ、単なる手続き上の問題だ。理事長の烏山《からすやま》先生がすべて引き受けて下さるそうだから心配は要らん」

「はあ……」

「他の理事は烏山先生が根回しするまでもなく、神林さんならぜひにということだった。君の評判は福島にまで届いてるんだねえ。いや、僕も鼻が高いよ」

そういうことか――

今のうちに目障りな自分を追い払っておこうという肚だ。日邦新聞の方は政治ルートで抑えられたが、何がどうなるかはまだ確定していない。用心深い蜂須賀は、不測の事態が起こった場合、「責任者はすでに退任した」という口実を使うつもりなのだろう。且つまた、自分に系列大学の副理事長というポストを与え、懐柔する。一石二鳥というやつだ。

「系列校とは言え、事務局出身で副理事長とは、とんでもない出世だよ。しかも君はまだ若い。四十六だっけ、七だっけ」

「四十五です」

「じゃあますます若い。その若さなら、定年前には福島で理事長の椅子にも座れるだろう。大したもんじゃないか。君はよくやったよ」

こちらが黙っているのを見て、蜂須賀は口調と表情を一変させた。

「まさか断るつもりじゃないだろうね」

「いえ、あまりに突然のことでしたので、なんだか現実感がなく……」

込み上げる怒りを抑え、そう応じるのが精一杯だった。

この男は、自分の提案が逆効果にしかならないとは想像もしていなかったのか。

「君らしくないね。ここはすべて僕に任せて、君は自分の成功を喜んでおればいいんだ」

「しばらくお時間を頂けませんか。頭の中を少し整理したいので……」

「分からんな。これほどいい話なのに、考える必要があるのかね」

「とてもいいお話だということは理解しております」

「だったらどうして」

「実は……私、近々退職を考えておりまして」

「初耳だな」

蜂須賀の眼光が、淀んだ汚水のような色を帯びる。

「遠い親族から突然連絡がありまして……青森なんですけど、家業を継いでくれないかと……私も長年この仕事に一生懸命取り組んで参りまして、その分疲れも溜まっているようで、いっそ辞めようかと悩んでいたところだったんです」

咄嗟《とっさ》に思いついた、ぎりぎりの嘘である。そうとでも言わなければ、この場から逃れられないと踏んだのだ。

「ふうん……」

蜂須賀は嫌な目でこちらの全身を舐《な》め尽くすように眺め、

「ちっとも知らなかったよ」

「誰かに打ち明けるのはこれが初めてですから……蜂須賀先生だからこそお話ししたんです。どうかくれぐれもご内密にお願いします」

「そうか、分かった」

「ありがとうございます」

「辞めるか、福島へ行くか。いずれにしても早く決めてもらわんと先方にご迷惑をおかけすることになる」

「それはもちろん承知しております」

「では、なるべく早急に決めてくれたまえ。ぐずぐずしていると、せっかくのいい話もご破算になったりするものだからな」

「はい。では失礼致します」

丁重に挨拶し、退室する。

なんとか切り抜けられた——

親族がどうのという嘘は、それこそ「先方の都合でご破算になった」と言えば済む。

問題は蜂須賀の方だ。稼いだ猶予はせいぜい一週間といったところだろう。その間に何か対策を考えねばならない。

歩きながら空を見上げる。

朝から重くのしかかっていた雲は、今にもA棟の屋上に達するかと思われた。


本部中央棟に戻ると、執務室の前で二人の女性が待っていた。

「あっ、神林さん」

声を上げたのは、三浦絵美香であった。その横に立っている眼鏡の女性は、学生管理室の沢原《さわはら》有希恵《ゆきえ》だ。グレーのニットにロング丈のスカート。事務局員らしい地味な服装で、メイクもかなり控えめな方だろう。確か、絵美香より四つか五つくらい年上だったか。

「二人とも私を待ってたの？　ごめんなさいね、ちょっと席を外してて」

「実は、沢原さんから相談を受けて、それで……」

絵美香がなぜか言葉を濁す。二人ともひどく怯えているようで、何か問題が起こったことは一目瞭然だった。

「とにかく二人とも早く中へ入って」

「ありがとうございます」

二人を室内に入れ、外に誰もいないことを確認してから自分も入り、念のため中から施錠する。

「ここにはパイプ椅子しかないの。悪いけど、そこにあるのを使って」

「はい」

晴海は自らもパイプ椅子を開き、二人と向き合う位置に置いて腰を下ろす。

「何があったの」

単刀直入に訊くと、有希恵が話し始めた。

「私、学生管理室の沢原と言います」

「ええ、知ってるわ。相談窓口を担当してる方でしょう」

こちらが自分の役職を把握していると知り、有希恵は驚くとともにだいぶ安心したようだった。

「本学ではハラスメント対策に力を入れるとの方針から、私もカウンセラーの資格を取ったりして、ハラスメント相談窓口に配置されたんです。もっぱら学生の対応を任されていたんですが、ある女子学生から相談を受けまして、それが本当にひどい事例だったんです」

彼女の話によると――

相談に訪れたのは歯学部三年の女子学生で、熊崎《くまざき》准教授のゼミに所属している。ところが指導教員であるはずの熊崎は、以前から彼女に対してだけ、二人きりの指導が多かったという。不審に思っていたところ、頻繁にLINEでメッセージを送ってくる、飲み会に呼び出す、帰りはタクシーで送ると言って聞かない等の行動が目立ってきた。なにしろ相手は指導教員なので、無視すると評価に影響すると思い、嫌々ながらも適当に相手をしていたが、次第にエスカレートし、ついには二人で研究旅行に行こうと誘ってきた。さすがに限界だと感じ、明確に断ったところ、修学に必要な指導の不自然な拒否、何日もの徹夜を要する限度を超えた量の課題を出しながらそれについての指導は行なわない、明らかに研究に無関係で私的な事柄を必要な作業であるとして強要する、授業中に人格を貶めるような言動をとる等の行動を繰り返した。そのため女子学生は抑鬱状態となり、医師の診断を受けてしばらく休学していたが、復学した途端、熊崎准教授から再び執拗な嫌がらせを受け始めた――ということであった。

「信じられないくらいひどいわね」

聞いているだけで不快感が込み上げてくる。

有希恵は話しながら時折自分自身が被害者であるかのように声を詰まらせていた。

「確認するけど、今の事例が本当だとすると、熊崎准教授からのＬＩＮＥ、医師の診断書等、証拠はいくつも揃っているわけですよね」

「はい。しかもその女子学生は、熊崎准教授との会話を何件も録音しています」

「待って。どうも変ね。これは明確にセクシャルハラスメント、並びにアカデミックハラスメントの要件を満たす事例ですから、被害者はどうしてもっと早い段階で相談窓口に行こうと思わなかったのでしょうか。それに私の記憶する限り、そんな報告は学生管理室から上がってきてないはずですが」

それまで涙を滲ませていた有希恵が、とうとう声を上げて泣き出してしまった。

「実は、かなり早い段階で私が相談を受けていたんです。私はすぐ上司の学生管理室長に報告しました。最初は大船《おおふな》室長も、これは大問題だって言ってました。それを聞いて私も安心してたんです。ところが数日経って室長から、『この件は内々に収めたいから、君が責任を持って当該学生を説得するように』って」

「どういうことなの」

「私も訊いたんです、なんでですかって。最初は言葉を濁してなかなか教えてくれませんでしたが、要するに室長は事務局長に止められたらしいんです」

「事務局長って……久米井さんに？」

眼鏡を外した有希恵は、ハンカチで涙を拭きながら頷いて、

「そうです。事務局長は、熊崎先生は遠山《とおやま》先生の派閥だからって……」

何もかもが一瞬で腑に落ちた。

そういうことだったのか――

熊崎准教授が遠山歯学部長を領袖とする遠山派に属するというのは本当である。しかも遠山教授の抜擢により准教授の座を手に入れた人物で、さしずめ準側近とも言うべき手下であった。

遠山派は最大派閥の蜂須賀派と並ぶ学内の一大派閥である。しかも蜂須賀派とは適度に友好関係を保っており、両派が手を組めば学内で大抵のことは通ってしまう。

事務局長の久米井は、遠山の権勢におもねって、子分である熊崎のハラスメントを揉み消そうとしたのだ。

「私が悪いんです……私がもっとちゃんと対応できていたら……」

「そんなことないですよ。沢原さんは一生懸命やってたじゃないですか」

絵美香が必死に慰めるが、有希恵は首を左右に振り、

「同じゼミの学生が一致団結して証言してくれればと思い、話を聞いたりしたんですが、みんな口をつぐんでいて……私の力不足です」

遠山教授に逆らえば、今後学内でどのような目に遭うか、学生達も日々実例を目の当たりにして熟知しているのだ。だから進んで証言しようという者など学内にいようはずもない。

「もうどうしようもなくなって、三浦さんに相談したんです。三浦さん、神林理事とお親しいって聞いてたから……」

絵美香は晴海の方を向き、

「話を聞いて、私も放置すべきじゃないと思いました。それで、二人して神林さんのお帰りをお待ちしてたんです」

「お話はよく分かりました。これは徹底的に糾明すべき問題です。こんなことがまかり通っていたら、大学運営の健全化なんてあり得ません」

心からの信念で以て言い切ると、二人の顔にほんの少しの明るさが戻ってきた。

「それで、被害者の学生は……」

「先週から自宅で休んでいます。とても登校できるような状態ではありません」

有希恵の返答に、晴海の胸はいよいよ痛んだ。

一人の男の歪んだ劣情が、未来ある女性の人生を破壊しようとしている。しかも、有力者の教授に配慮して事務局長がその事実を揉み消そうとしたのだ。

断じて許すわけにはいかない。

「沢原さん、すぐに被害者に連絡してアポを取ってもらえますか。私が直接お話を伺って、然るべき処置を執ろうと思います」

「はいっ」

悲嘆に暮れていた有希恵が、新たな力を得たように頷いた。

しかし一方の絵美香は、心配そうな表情で、

「自分でお願いしといてこんなこと言うのも変ですが、神林さんは大丈夫なんですか。もしかして、遠山先生の逆鱗に触れるのでは……最悪、蜂須賀先生にも……」

「いいのよ、三浦さん」

晴海は我ながら落ち着いた声で言った。

「ここで対処できないようなら、私に理事を名乗る資格はありません。たとえ大学を追われることになろうと、私は被害者に寄り添っていきたいと考えます」

不意に思った。

自分は大学入試における女子学生差別を隠し通そうとしている立場である。その自分が、どの口でそんなことを言っているのか。それはしょせん、その場しのぎのきれい事にすぎないのではないか。偽善ではないのか。矛盾ではないのか。

いいや、違う――

大学自体の権威が失墜すれば、医師を育てる場自体がなくなりかねない。一方で、セクハラ、アカハラの被害者を守ることは、すなわち大学の秩序と正義を維持することだ。双方はまったく矛盾しない。

自分は、それぞれの事例に応じて信念を貫くだけだ――

晴海は自らに強く言い聞かせる。

だが一度抱いた葛藤が、自分の中で熾火《おきび》のように燻《くすぶ》り続けるのを自覚する。

迷ってはいけない——疑ってはいけない——

そうでなければ、自分自身が崩壊する。

ハンカチをしまって眼鏡を掛け直した有希恵が、心底安堵したようにぽつりと漏らした。

「本当によかった……神林理事がいて下さって……」

5

小山内源壱。昭和十二年、福岡県福岡市中央区《ちゆうおう》長浜《ながはま》生まれ。県立修紘館《しゆうこうかん》高等学校を経て、昭和三十八年久留米《くるめ》大学医学部卒。昭和四十三年久留米大学大学院医学研究科修了、専攻は病理学。久留米大学医学部第一病理学講座助手、同講師となり、昭和四十八年よりハーバード大学マサチューセッツ総合病院に客員研究員として留学。帰国と同時に、久留米大学時代の先輩に懇願される形で統和医大医学部助教授に就任。昭和五十二年、統和医大医学部教授に就任。さらに二年後の昭和五十四年、当時の医学部長の推薦を受け理事に就任。そして昭和五十九年、医学部長に就任。以後、統和医大の発展に大きく貢献するも、平成十九年、全身性アミロイドーシスを発症して退職した。

この病気は、原因となるタンパク質が凝集しアミロイドとして臓器に沈着して発病するが、アミロイドの生じる過程については不明な部分の多い指定難病である。心臓、腎臓、自律神経その他の障害、舌や甲状腺、肝臓の腫れといった症状が見られ、治療困難で患者は大変な苦痛を強いられる――

小山内教授の経歴が記されたノートを繰りながら、菊乃はあちこちへと電話をかけた。小山内教授の家族や親族と連絡を取るためである。ときには自ら足を運んで心当たりはないかと尋ねて回った。

予想されたことではあったが、そのほとんどが徒労に終わった。

小山内教授の実家は米軍による空襲で焼失しており、進学を援助してくれた親族も今は離散して行方《ゆくえ》が知れず、死に絶えた可能性が高いということだった。教授本人は、少なくとも知られている限りにおいては独身で、家族を持つことはついになかった。

全身性アミロイドーシスは、進行の速い場合は発病後数年で死に至るケースも珍しくはないらしいが、小山内教授の場合は、電話で神林晴海を理事に推薦したことが確認されている。少なくともそれまでは存命であったということだ。

かつて小山内教授と交流があったという研究者の話では、教授が入院したのは長崎国際医科歯科大学だという。なんでも、同大で医学部長を務めていた旧友が全身性アミロイドーシスに関する国内の第一人者であったらしい。

調べてみると、当時の長崎国際医科歯科大学の医学部長は、竹脇《たけわき》亥三郎《いさぶろう》教授であることが分かった。次に竹脇教授の経歴を当たってみたところ、久留米大学医学部の出身であると判明した。おそらく、小山内教授とは久留米大時代に知り合ったのだろう。

だが、竹脇教授はすでに物故していた。

菊乃は大きな失望を覚えたが、あきらめるわけにはいかない。手がかりが現存しているとすれば、この竹脇教授と長崎国際医科歯科大学しかないのだ。

残された時間はあとわずかだ。相模からの情報では、来週中には特別取材班の解散が決定される見通しであるという。

P担の和藤達も、持てるノウハウを駆使してさまざまな角度からの取材を続けてくれているが、今のところ収穫はない。

急がなければ――

「日邦新聞社会部の檜葉菊乃と申します。突然のお電話で申しわけありません」

日比谷公園のベンチから、菊乃は長崎国際医科歯科大学の総合受付へ電話した。

「お亡くなりになった貴学の竹脇亥三郎先生についてお伺いしたくお電話致しました……いえ、厳密には先生が以前担当しておられた患者さんについてなんですけど……はい、個人情報の取り扱いについてはもちろん理解しております。ただ親しくされていたような方がもしいらっしゃれば、連絡先をお教え頂けないかと……」

何ヶ所かに電話を転送された挙句、さらに何ヶ所かにかけ直すことになった。それでも菊乃は、そのつど同じ説明を根気よく繰り返し、必死に電話をかけ続けた。想像するより体力のいる作業であり、また予備を三台も用意していたスマホ充電器のバッテリーもかなり心細くなってきた。

気力は体力に比例する。もう限界か、さすがにもう若くはないのかと自分でも思えてきたとき、LINEにメッセージが届いた。麻衣子からだった。

［お母さん、ありがとう。あたし、もう負けない。何があったって受験をやり抜く。国公立ゼッタイ受かってみせるよ。だって、お母さんがこんなにがんばってくれてるんだから。あたしもお母さんみたいに強くなる］

文字を見つめているだけで、涙がじわりと浮かんできた。何よりも心強い応援だった。

［ありがとう。麻衣子のおかげで、お母さんもがんばれる］

我ながらそっけない返信を打った。思いを書き綴《つづ》っているときりがない。たとえ短い文面であっても、麻衣子ならきっと分かってくれると信じて仕事に戻る。

尽きかけていた気力は、麻衣子のLINEのおかげで充塡された。

娘に対し、恥ずかしくない成果を出す――麻衣子が受験の日を迎えるまでに、差別入試の実態を必ず報道するのだ――

やがて何度目になるか分からない電話で、竹脇教授の後任に当たる芝田《しばた》光義《みつよし》教授が今も現役でいることが判明した。芝田教授の連絡先を教えてもらい、早速電話してみる。

〈はい、芝田ですが〉

それまでと違って、芝田教授とはすぐにつながった。深みのある渋い声の持ち主だった。

「日邦新聞社会部の檜葉と申します。突然のお電話で申しわけありません。実は竹脇先生がお亡くなりになる前、全身性アミロイドーシスの治験をしておられたと伺ったのですが、芝田先生は覚えておられますでしょうか」

〈ああ、よく覚えてますよ。竹脇先生のご遺志を継いで、本学では今も私が研究を続けております〉

「そのときの患者さんで、統和医大の医学部長をしておられた小山内源壱さんと親しかった方を探しているのですが、何かお心当たりがあればと思いまして、それでお電話を……」

芝田の返答は、まったく予想外のものだった。

〈小山内先生なら、今も本学の付属病院に入院しておられますが〉

6

熊崎准教授のセクハラとアカハラを受けた女子学生の名前は、落合優亜《おちあいゆうあ》といった。

神林晴海は沢原有希恵とともに都内に住む優亜の自宅を訪れ、まず理事として学生の被害を把握できていなかったことを謝罪し、次いで詳細な聞き取りを行なった。

優亜は最初、統和医大の理事との面談を断ろうとさえしていた。母校に対する不信感をそこまで深めていたのである。有希恵の説得により、なんとか面談は受け入れてくれたが、それでも異様なまでの怯えが態度や言動の端々から窺えた。

熊崎から授業中に何度も頭、頬、肩、腕等を触られたこと。

やむなく赴いた飲み会には熊崎一人しかおらず、胸や太腿《ふともも》まで撫で回されたこと。

タクシー内ではキスしながら衣類の下に手を入れようとしてきたこと。

今後そうした行為の一切を拒否すると通告したところ、成績がそれまでに比して不当に低くなったこと。

授業中のハラスメントについて証言してほしいと同じゼミの友人達に頼んだところ、全員から断られ、誰も話しかけてこなくなったこと。

それ以前から、「落合は准教授に色仕掛けで取り入っている」と噂され、嫌がらせを受けていたこと。

毎日出される膨大な量の課題に、バイトどころか、睡眠時間さえ削らざるを得ず、心身ともに疲弊してしまったこと。

そこまでして課題を提出しても、評価どころか採点さえされずに放置されたままであること。

大学当局ではなく、司法や公的機関に訴えようかとも思ったが、医師になりたいという小さい頃の夢がまだ少しだけ残っていて、どうしてもできなかったこと。

またそれをやった場合、二次被害が恐ろしくとても踏み切れなかったこと――

本人から直接聞くハラスメントの実態は、あまりに生々しく凄惨なもので、晴海は己の心までもが押し潰されるような思いがした。

嗚咽混じりに経緯を語った優亜は、ＬＩＮＥの文面のスクリーンショット、録音した熊崎との会話等の証拠の数々を示してくれた。優亜の話す内容は整合性があり、論理的且つ具体的だ。感情は高ぶっているが、そのことによる説明の破綻も一切見受けられなかった。

疑いの余地はない。熊崎准教授の犯罪行為は明らかであり、彼には人を教え導く資格などありはしない。

これを久米井は握り潰そうとしたのか——

大学の、そして社会全体のさまざまなものに対し、晴海は込み上げる怒りを抑えることができなかった。

「よく話して下さいました。本当につらかったでしょう。統和医大の理事としてあなたに心からお詫び致します。落合さんの個人情報は厳重に保護した上で、加害者である熊崎准教授は言うまでもなく、この件を不適切に処理しようとした職員は必ず処分し、あなたが健全な学生生活を取り戻せるよう全力を尽くすことをお約束します」

そう言って頭を下げると、優亜はこらえきれなくなったのか、「ありがとうございます……ありがとうございます……」と繰り返しながら泣き伏した。級友達からも見放され、今日まで一人で孤立に耐えてきたのだろう。その姿は、晴海の胸を深くえぐった。

本当は「だからがんばって素晴らしい医師を目指して下さい」と付け加えたかったのだが、やつれ果てた優亜の姿に、とてもそんな言葉をかけることはできなかった。

医師になることが、今の優亜にとってそこまでの代償を払う価値があると言えるのだろうか。

現在の統和医大が、傷ついた優亜を万全の態勢で受け入れられる環境を備えていると言えるのだろうか。

熊崎の所属する遠山派ではないが、最大派閥の長である蜂須賀は、折から自分を福島に追いやろうとしている。

いいだろう。だがその前に、自分にはやるべきことが一つ増えた。

立つ鳥跡を濁さずのたとえの通り、せめて学内の大掃除はしていきたい。

そして、もう一つは——


午後八時すぎ、鷺宮の自宅に帰り着いた晴海は、門の前に佇《たたず》む人影に気がついた。

「あなたは……」

檜葉菊乃であった。肩から大きなバッグを下げたいつものスタイルだ。相変わらずの化粧の薄さは、薄暗い外灯の下でかえってはっきりと分かった。

「ご自宅にまで押しかけて申しわけありません。非常識は幾重にもお詫び申し上げます。ですが、どうしても神林さんとお話ししたいことがありまして……」

「いいの、私もちょうどあなたにお会いしたいと思っていたところですから」

ブロック塀に挟まれた形ばかりの小さな門を押し開け、玄関ドアの鍵を開ける。

「どうぞ、お入り下さい」

拒否されると思っていたのであろう、あっさりと招かれ、檜葉は少なからず驚いたようだった。

それでもすぐに気持ちを切り替えたのか、躊躇なく応じたのはさすがであった。

「失礼します」

「ろくに掃除もしておりませんので、お恥ずかしい限りです」

「いいえ、そんな……ウチも掃除は娘に任せっぱなしですから」

先に立って我が家の廊下を歩きながら、晴海は檜葉の娘について思い出していた。直接の面識はないから、厳密に言えば檜葉麻衣子のデータについてである。

今どき受験勉強をしながら家事までこなしているなんて――

やはり統和医大に欲しい人材だと改めて思う。だがそれも、今となっては叶わぬ夢だ。

「こちらへどうぞ」

奥の茶の間へと通し、座布団を勧める。庭に面したカーテンが開けっぱなしになっていた。

自らは座卓の上に途中のコンビニで買ってきたコロッケ弁当の袋を置き、台所へ立つ。

「今お茶を淹れますので」

「あ、手伝います」

立ち上がろうとする檜葉に、

「お湯を沸かすだけですから、手伝って頂くことなんて特にないんです」

そう言って黒ずんだ薬罐に水道の水を入れ、ガスコンロに置いて点火する。次いで戸棚から先日絵美香にふるまったのと同じ茶葉を取り出し、適量を急須に入れる。

湯はすぐに沸いた。晴海は急須に湯を注ぎ、洗ってあった湯呑みとともに盆に載せる。それもまた、絵美香のときと同じ動作だ。

二人分の湯呑みに茶を注ぎ、一つを檜葉の前に置く。

「どうぞ」

「いただきます」

晴海はコンビニのレジ袋からコロッケ弁当と三個入りのロールケーキを取り出し、

「お客様を前に大変失礼ですけど、ご用件はこれを頂きながら伺います。お昼もろくに摂ってないもので」

「どうかご遠慮なく召し上がって下さい。突然押しかけたこっちが悪いんですから」

「あいにくお茶菓子も用意がありませんので、よろしかったらこれをどうぞ」

ロールケーキの袋から個包装のケーキを摘《つ》まみ出し、盆の上に置く。

「ありがとうございます。でも、どうかお気遣いなく」

「こんなお弁当を食べながら、気遣いなんてしてませんよ……いただきます」

笑いながら箸を動かす。歯ごたえのまるでない、豆腐よりも柔らかいコロッケ。濃い味付けのポテトサラダとしなびたレタス。存在のアリバイだけを主張しているかのような少量のきんぴらとひじき。飯粒に色の移った柴漬け。コンビニの経営母体がどれほどイメージ広告を打とうと、実物は今も昔もただ空腹を満たすためだけの〈品物〉だ。

檜葉は暗い掃き出し窓の外に目を遣り、

「お庭があるなんて素敵ですね」

絵美香と同じ感想を口にした。

「この家にお客をお上げするのは、統和医大に就職してからあなたで三人目ですよ、檜葉さん」

「え、そうなんですか」

「一人はつい最近で、あなたもよくご存じの三浦絵美香さん。もう一人は、反対に大昔で、当時付き合っていた男性。いい人だったんだけど、女は専業主婦になるのが当たり前だと信じて疑いもしなかった」

「それは……」

どうコメントしたものか、檜葉は困っているようだ。

計算したわけではなかったが、策なき策こそ勝利への近道かもしれない。檜葉も追い返されるリスクを承知で単身乗り込んできたのだ。

そうだ。統和医大理事として最後にやっておくべきもう一つのこと。

それは檜葉菊乃との〈決着〉をつけることに他ならない。

「ごめんなさい、男ではあなたの方がもっとつらい思いをしてたわね」

過去に夫からDVを受けたという檜葉の過去に言及したのだ。それは本心からの慰撫《いぶ》であり、同情であり、連帯であり、そして何より、攻撃であった。

「どうしたんですか、檜葉さん」

「はい?」

「ケーキ、食べないんですか」

「あ……はい」

反射的に檜葉はロールケーキを手に取っていた。

それでいい――

カットされたケーキを檜葉が口に運んだタイミングで、晴海は言う。

「たぶんこれが、最後の対決になるんでしょうね、私達の」

すでに自覚していたのか、檜葉は動揺を見せなかったが、それでも不思議そうにこちらを見た。

「対決、ですか。取材じゃなくて」

「単なる言葉の問題です」

「そうですね」

当然のように檜葉が認めた。

油断してはならない。檜葉菊乃は鋭利な穂先を持つ槍だ。こちらがいかに防御を固めようとも、果敢に挑み、突き崩そうとしてくる。そして最後には敵を必ず貫き通すという強い信念を秘めている。

「実は私、福島の系列校に飛ばされようとしてるんです。名目上は栄転なんですけどね」

「本当ですか」

これはさすがに効いたようだ。

最後の戦いに手持ちのカードを温存していても仕方がない。敵がどんなカードを持っているのか知らないが、これは総力戦でもあるのだ。

「副理事長の蜂須賀先生から直々に言われました。ですので、あなたと会うのももう今夜で最後でしょう。私はね檜葉さん、正直に言いまして、あなたにお会いできて本当によかったと思っています。以前にも申し上げましたが、あなたのお嬢様に本学へ入学してほしいと願ったのは嘘偽りなく本心です。あなた自身がおっしゃっていた通り、お嬢様はいずれきっと強い女性になるでしょう。それこそ、私なんかよりずっと強い女性に」

「それは卑怯なんじゃないですか。ここで娘の話を持ち出したりして」

「そう思われても仕方ありませんよね。でも私は、最後にそれだけはお伝えしておきたかったのです。他意はありませんのでお許し下さい。では話を戻しましょう。私がいなくなったら、後任は理事長や副理事長に忠実な人物が抜擢されるはずです。誰が選ばれるのか、私には知る由もありませんが、一つだけ言えるのは、それは決して大学経営にダメージをもたらす証言をするような人物ではないということです。もっとも、私だってそんな証言はしませんけどね。つまり檜葉さん、あなたはもう手詰まりということです」

「あなたは……あなたはそれでいいんですか」

「何に対して？　福島へ飛ばされることですか。それとも差別入試とやらの件ですか」

「両方です」

「あなたにそう言って頂けるのは光栄ですね」

最後の米粒を口に運んだ晴海は、プラスチックの容器の蓋を元通りにはめ込み、割り箸と一緒にレジ袋に入れた。

「ごちそうさまでした」

自分の湯呑みを取って一口啜り、

「でもね、私はその前に蜂須賀副理事長をはじめ、本学を腐敗させている者達を告発するつもりです」

自分の持つ最大の手札であった。内部の敵と、外部の敵。その両方を一挙に排除し、理不尽なハラスメントに晒された女子学生を救う。一石三鳥の策である。ただし、自分の将来と引き換えの。

檜葉菊乃は、一見無造作にロールケーキを頰張りながら、じっとこちらの様子を窺っている。少しでも欺瞞があれば、決して見逃さない猛禽《もうきん》の目だ。

「本学のある女子学生が、悪質なセクハラとアカハラの被害に遭っていたことが発覚しました。個人情報を話すわけには参りませんが、理事として、いいえ、人として、とても許すことのできない行為です。証拠も揃っておりますし、医師の診断書もある。そうです、その学生はハラスメントに耐えかねて心を病み休学に追い込まれた。刑事告発するもよし、民事訴訟でいくもよし、どちらでもいけるケースです。これでも私、リスクマネジメントについては少しばかり勉強しておりますので」

「そうでしょうね」

檜葉は皮肉のニュアンスを込めたリアクションを返してきた。

「あなたがこの会話をこっそり録音しておられるのかどうか知りませんが、あなたに打ち明けたということは、それを報道して頂いて構わないということです」

「私を……日邦新聞を味方にしようという策ですか」

「ちょっと違いますが、まあ、それもあります。日邦新聞は以前からセクハラ、パワハラ撲滅のキャンペーンをやっておられましたね」

「はい……」

なぜか曖昧に檜葉が肯定する。おそらくは日邦新聞内部の実情が、パワハラやセクハラに満ちたものなのだろう。その程度は想像がつく。だがそれだけに、日邦新聞としては現在社会的話題となっている統和医大でのハラスメントについて一層看過することはできないはずだ。

「私は緊急理事会を招集し、この事実を明らかにして関係者の処分を求めるつもりです」

「要するに、それもまた取引ということですね。セクハラ、アカハラのネタを提供する代わりに、差別入試については目を瞑《つぶ》れと」

「そう取って頂いて結構です」

「それは違うんじゃないですか、神林さん」

ロールケーキを食べ終えた檜葉は、手に残ったビニールの小袋を置いた。

「おいしかったです、このロールケーキ。近頃のコンビニはなかなか侮れませんね」

「そうですか。では私も」

もともとコロッケ弁当だけでは足りないと思って一緒に買ってきたケーキである。晴海は残った二つのうち、一つに手を伸ばして個包装の袋を破る。

「違うんじゃないかって言ったのは、確かに個人へのハラスメントは重大な人権侵害です。しかし、差別入試は社会全体に対する人権侵害です。下手をすれば憲法問題です。それを一緒にするのは筋が通らないんじゃないですか」

「私は理事として学生を守りたい。正直に申し上げましょう。大学自体がなくなれば、学生の将来もまた閉ざされかねないということです」

「大学自体がなくなるか否かは、経営陣や理事会の対応によるのではないでしょうか。素直に認めて今後の改善に努めれば、社会的信頼を回復する可能性も――」

「それは分かります。しかしそうならない可能性もある。少しでもリスクが残っている以上、私の立場としては採るべき道は一つです」

一息に言い、ロールケーキを口に入れる。疲れた体に、コンビニスイーツの過剰すぎる糖分が染み渡るようだった。

「分かりません……」

困惑したように頭を振った檜葉が、最後の一つとなったロールケーキに手を伸ばしかけ、はっとしたように寸前で引っ込める。

「すみません、私としたことが、つい……」

「構いませんよ。お客様ですから、どうぞお召し上がりになって下さい」

「でも……」

「檜葉さん、あなたも夕ご飯、まだなんでしょう」

「どうして分かるんですか。私、よだれでも垂らしてました？」

「分かりますよ。家の前でずっと私を待ってたんでしょう？　だったらそう考えるのが自然です。さあ、どうぞ」

「……では、遠慮なく」

檜葉はロールケーキにかぶりつき、

「神林さんは女子学生の苦境を救うため、将来を失いかねない告発をすると言う。一方で、さらに大勢の女子学生を不幸にしかねない入試には目を瞑れと言う。矛盾してませんか」

「社会とはね、そもそも矛盾したものなのですよ」

これまで身につけた大局観で以て述懐する。諦念と言ってもいい。

「あの北先生だって、一方的に悪いと断ずることはできない。三浦さんはそう言っていました。私もそう思います」

「北加世子教授については、私もあれから何度も考えました。北教授は、被害者でもあり、ある意味パルチザンじゃないかと思うんです」

「なかなか興味深い表現ですね」

「ええ。私は社会部で政治部じゃありませんけど、いろんな話が聞こえてきます。先年亡くなったある大物政治家の夫人は、結婚前は大手広告代理店のコネ枠で、在職中は職場の花としてそれこそ仕事らしい仕事もせず——あ、これは仕事をさせてもらえなかったって意味じゃないですよ、しなくて当然だと本人も思ってたってことです——結婚後はあれだけ国政を混乱させておきながら、夫の死後は自分に都合のいい政治的デマをなんの思慮もなく無神経に広めている。私はこういう人こそが、女性の尊厳を真に貶めているのだと思います」

「なるほど、同感です」

新聞記者だけあって、なかなか面白い話を出してくる。

だが、惑わされてはいけない――

晴海は急いで話を本題に戻す。

「檜葉さんの言う〈差別入試〉なるものが仮にあったとして、それは、現状で医療現場を回して行くために必要だからこそ存在しているものなんじゃないでしょうか。檜葉さんも取材の過程で、医療現場の実態と問題点は充分に理解なされたことと拝察します」

「それは……そうです」

檜葉が頷く。思った通りだ。

「誰だってあんな制度がいいとは思っていない。でも少しずつ、そう、少しずつでもよい方向に変えていくよう努力し続けることはできる。だからこそ、もう少し時間を頂きたいのです。緊急理事会で副理事長らを退任に追い込むことができれば、その日はかなり早くやってくる可能性があります」

「さっきあなたの言った通りですよ、神林さん」

「……えっ？」

「〈可能性がある〉。でも、〈そうならないリスクも残っている〉。私達としては、それを認めるわけにはいきません」

返す言葉を咄嗟には見つけられない。この敵らしい鋭さだった。

「そもそも、今この瞬間の真実を報道するのが私達の使命です。ゆえに、いかなる取引にも応じるわけにはいきません」

「御社の記者が迂闊にも政治家に取材を試みたそうですね。その結果、さらに上の方から厚労省を通して御社に連絡が行った。これで御社はもう動けない。他社であっても同じ結果になるでしょう」

攻撃に対しては防御のカードだ――

案の定、檜葉が舌打ちするような表情を見せた。

「なのにあなた一人だけが、なぜまだこんな抵抗を続けているのか、そこまでは分かりません。私達が子供の頃はそうじゃなかったけど、最近の新聞は政治家に都合の悪いことはほとんど書かない。今はそんな世の中です。嫌ですよねえ。私だって腹が立つ。でもそれが現実であることは認めるしかない。あなたなら、それくらい理解しているはずだと思いますが」

「それでも私は書き続けます。〈少しずつでもよい方向に変えていくよう努力し続けることはできる〉。これもあなたのおっしゃった通りですよ」

今度は晴海の方が舌打ちしたくなった。

「あなたとはやはり分かり合えないようですね」

「そうでしょうか。私はそうは思いません」

どういうわけか、檜葉は自信ありげに言った。

来る——

敵はここで最後のカードを切るつもりなのだ。

その〈切り札〉があるからこそ、この家にまで乗り込んできた——それは一体なんなのか——

「三浦絵美香さんをはじめ、大勢の人が語って下さいました。あなたの今日があるのは、前医学部長である小山内源壱先生のおかげだと。そしてあなたもまた、小山内先生を誰よりも尊敬し慕っていたと」

小山内先生——

その名を耳にするだけで、温かい思い出、優しい記憶があふれそうになる。

だが今は、ナイフの切っ先を突きつけられたような冷たさを感じた。

それか、檜葉のカードは——でも、それだけでは——

「私は小山内先生の消息について調べました。その結果、小山内先生が現在もご存命でいらっしゃることを知ったのです」

「なんですって」

我知らず声を上げていた。

「ご高齢でもあり、寝たきりに近い状態でしたが、長崎国際医科歯科大学で今も治療を受けておられるとのことでした。私はすぐに長崎へ向かいました。小山内先生の主治医で、ご友人でもあった竹脇先生はすでにお亡くなりになっておられましたが、その教え子でいらっしゃった芝田先生が、治験を引き継いでおられたのです。小山内先生はこれまですべての面会を断っておられたそうですが、私の名刺の裏に走り書きであなたのお名前と、簡単な状況を記して渡してもらったところ、面会に応じて下さったのです」

「先生は……先生はどんなご様子でしたか」

「思ったよりずっとお元気でした。言葉もはっきりして、あなたのことをとても心配しておられるようでした……これをご覧下さい。ご本人の許可を得て私がスマホで撮影したものです」

まさか――

晴海が心の準備を整える間もなく、檜葉は座卓の上にスマホを置き、再生を始めた。

慈愛に満ちた懐かしい顔が小さな画面いっぱいに広がった。過ぎ去った年月の分だけ歳を取り、痩せて皺《しわ》だらけになっているが、それはあの小山内教授に違いなかった。

〈神林君、元気でいるかね……私はこの通りのありさまだが、なんとか無事にやっとるよ……〉

病室のベッドに半身を起こした姿勢の小山内教授が、スマホに――いや、自分に向かって語りかける。

ひどくしわがれ、ときには舌がもつれるようであったが、それでもしっかりとした声だった。

〈大体の話はここにいる檜葉さんから聞いた。君のことだ、ずいぶん苦しんだろうと思う……苦しみながら、自分の務めを果たそうとしたに違いない……私のせいだ、許してくれ〉

そんな、許すも何も、先生は――

〈面会は断っていたが、それでも統和医大の首脳部とは、ずっと連絡を取り続けていた……それがある時期から、電話を取り次いでもらえなくなった……もう老いぼれの戯言《たわごと》など必要ない、彼らは彼らでしっかりやっておるのだろうと思ってそのままにしておったが……まさか……学生の人生を決める入試でそんな不正をやっておったとは……〉

先生はご自分の方から連絡を絶ったのではなかった。学長や理事長が、先生の助言を疎ましく思い、電話を受けずに「連絡が絶えた」と吹聴《ふいちょう》していたのだ。

〈医局制度は確かに弊害も多かった……しかし、新研修医制度はさらに問題を増やした……地方の医療をないがしろにし、医師の技能低下を招き……なんとか対処しようとしていた矢先、私は病を得て引退せざるを得なかった……笑ってくれ、医者の不養生というやつだ……〉

いいえ、先生の努力は皆が知っています――

〈女子受験生の一律減点……理事会がそんな安直な方法を採っておったとは……彼らなりに言い分はあるのだろうが、医師を育てるべき大学が、断じてやってはならぬ手法であった……〉

画面の中で――日当たりのいい病室で――老教授は泣いていた。

〈神林君、君がこの手法に抵抗したであろうことは想像がつく……私が君を理事に推薦したのも、その公明正大な精神を信じてのことだ……今からでも遅くはない……入試の正常化に努めてほしい……それでどんな結果になったとしても、君一人が責任を背負い込む必要など、どこにもない……大学も人間と同じ……困難に直面したときこそ、その真価が問われるのだ……そうは思わんかね、神林君……〉

そこで小山内は大きく咳《せ》き込んだ。

「先生っ」

晴海は思わずスマホに手を伸ばそうとして我に返る。

〈すまん……そろそろ限界のようだ……〉

誰に詫びているのか、小山内はつらそうに言い、

〈統和医大を正常化できるのは、おそらく君だけだろう……しかしなあ神林君、つらければ、そんなもの、いつでも投げ出したっていいんだよ……君の責任感の強さに、皆が甘えすぎたんだ、この私を含めて……私は今でも、君が自作の改革案を間違えて持ってきた日のことを思い出す……君は私の期待以上に素晴らしい仕事をやってくれた……これからは……自分自身を、もっと大切にして……〉

映像はそこで終わった。

「小山内先生のご体調がいい時間は、一日でも限られているそうです。私は運がよかった。それでも、これだけ収録するのが精一杯でした。先生は最後まで神林さんのことをとても気遣っておられました」

檜葉の声が遠くから聞こえる。

自分でも知らないうちに、晴海は座卓に突っ伏して嗚咽していた。

そうだ、先生はいつも公正で、なんの実績もなかった私を認めて下さった——なのに、私はどうして——

「先生……」

申しわけありません——私は先生のお心を忘れたばかりか、社会や世間を言いわけにし、女子

学生の人生を――

「大丈夫ですか、神林さん」

両肩に小山内先生の優しい手を感じる。

違う。先生ではない。

檜葉菊乃だ。

「檜葉さん……」

晴海は突っ伏したまま顔を上げずに言う。

「あなたの勝ちです、檜葉さん」

7

菊乃は日邦新聞本社の大会議室で、周りを取り囲んだ特別取材班全員にＩＣレコーダーで録音した神林晴海の証言を聞かせた。時刻は午前一時を過ぎている。

再生が終わり、菊乃はスイッチを切った。

誰も言葉を発しない。沈黙の時間が訪れた。

あまりの反応のなさに、菊乃は急に不安を覚えたくらいである。

「大スクープだ……」

後ろの方にいた誰かがぽつりと漏らした。囁き程度の小声であった。

それをきっかけに、室内が一気に沸き返った。

「決定的証言だ」「これで掲載できる」「他社はネタすらつかんでない。ウチだけの独占スクープだ」

むさ苦しい男達が肩を叩き合い、抱き合って歓喜の声を上げている。

「ウチの檜葉がやったんだぞっ。これは檜葉のスクープなんだぞっ」

興奮しすぎたせいか、相模はなぜか怒ったような顔で男達に向かって怒鳴っている。

「みんな、喜んでる場合じゃないぞ」

堀江デスクがさらに大きな声を張り上げる。

「朝刊には充分に間に合う。急いで記事を用意しろっ。第一報を載せるんだっ」

「ウオッス！」

そこへ東海林部長が入ってきた。電話で概要を知らされ、タクシーで駆けつけてきたのだ。

「あっ部長、これ聞いて下さいよ、檜葉さんがとうとうやったんですよっ」

甲斐田がテーブルの上のＩＣレコーダーを指差して言う。

気のない視線で東海林はテーブルの方を一瞥《いちべつ》し、全員に向かって言った。

「みんな、よくやってくれた。俺達の逆転大ホームランだ」

新たに歓声が沸き起こる。

だが菊乃は、わずかな引っ掛かりを感じずにはいられなかった。東海林は「俺達」の勝利だと言い、自分の名前には触れなかったからだ。

「概要は電話で聞いた。それで榊原次長とも話したんだが、社会的にも重大な問題であるため、もっと丁寧に裏付けを進めて、シリーズで掲載しようということになった」

えっ――？

菊乃は耳を疑った。

抗議しようと口を開きかけたとき、堀江が先んじて部長に反論した。

「檜葉は長崎からとんぼ返りして神林理事の証言を録《と》ったんですよ。せっかく朝刊に間に合うってのに、どうして止めるんですか。一刻も早く載せた方が――」

「おまえ達の気持ちも分かる。だがこのネタは緊急性があるわけじゃない。焦って小さい記事を出すよりも、じっくり特集でやろうというのが編集局の判断だ」

「そんなことしている間に、他社に抜かれたらどうするんですか。それこそ檜葉やみんなの苦労が水の泡じゃないですか」

堀江は菊乃の名前を筆頭に挙げて抗議してくれた。

彼に同調するように、何人かが、そうだ、そうだと声を上げる。

「まだ他社はどこも追ってないそうじゃないか。こっちには担当理事の証言音声があるんだ。心配することはない」

「しかし部長、万が一ってこともあり得るのは、俺達全員が身に染みて――」

「だから大丈夫だって言ってんだろ」

「それに、部長は緊急性がないっておっしゃいましたが、医大の入試に不正があるって事実は、一刻も早く受験生に知らせる必要があるのでは」

なおも食い下がる堀江をじろりと睨み、東海林は他人事のように告げた。

「文句があるんだったら、おまえが直接編集局長に言ったらどうだ、ああ？」

堀江が黙った。それをやるには、懐に辞表を用意しておく必要があるからだ。

分かっていながら東海林は言っている。

他にもあるのだ、何か事情が――

菊乃は相模の方を見た。キャップも同じことに思い至ったようで、菊乃に向かい、ごく微かに頷いた。

「よーしみんな、今日はご苦労だった。シリーズ特集の開始時期については決まり次第編集局から連絡がある。それまで各自企画を練っておいてくれ。取りまとめは堀江に任せる。今夜はゆっくり休んでくれ。お疲れ様」

それだけ言うと、東海林はすばやく身を翻して帰っていった。最後まで菊乃とは視線を合わせようともしなかった。

残された者は、一様に唇を噛《か》み締めて、互いに顔を見合わせるばかりであった。

記事が掲載されたのは、それから二週間近くも過ぎてからのことだった。

その衝撃的な内容に、国民は驚き、大きな社会問題となった。

しかし、「検察が裏口入学の資料と一緒に、不正入試の証拠書類までまとめて持ち去ってしまったこと」がすべての端緒であるという事実は、紙面のどこにも記されていなかった。

実際、検察は今日に至るも差別入試に関しては一切発表を行なっていない。そのことについては「贈収賄事案に関係がない」という点で理解はできる。

問題は記事そのものの書かれ方だ。

記事中では単に、「日邦新聞社会部が一丸となって取り組み、この事実を明らかにした」という、微妙にぼかされた表現が見受けられるだけであった。

また、「統和医大はこの事実を認め、ただちに調査委員会を設置し、さらなる実態解明を進めるとともに、差別的入試システムの撤廃を約束した」と、極めてマイルドな書き方がなされていた。ありていに言えばトーンダウンだ。そのため、まるで統和医大に自浄作用があり、隠蔽の意図など最初からなかったかのような印象を与えている。これは明らかに、大学に対する世間の批判を和らげるためのものである。

「統和医大の非常勤理事の松兼《まつかね》、こいつは文科省からの天下りだが、馬場《ばば》っていうウチの元幹部の従弟《いとこ》だったらしい。それで馬場から社長に電話が入った。『掲載は穏便な形で頼む』ってな。その結果、あちこちとの調整が入り、ああいう形にするってことで話がついた、と。まあ、そんなところだ」

松本楼で、カレー皿を前に相模がいまいましげに解説する。彼自身、堀江の説明を受けて先ほどＰ担のブースに戻ったばかりだ。

「非主流派の松兼は、従兄の人脈を通してウチの動きを探ってやがった。さすがに証言者の名前までは特定できなかったようだが、ウチが決定的な証拠を入手したらしいって話をいち早く察知した。誰かご注進に及んだ奴がいるんだよ、ウチの内部に」

それでなくても大きい相模の鼻の穴が、憤怒でさらに大きく広がる。

「そこで主流派の蜂須賀を売ることにしたんだろうな。この二週間で、統和医大は根回しと口裏合わせを完全に済ませて、謝罪の姿勢を明らかにした。結果的に大学の、と言うより経営陣の被害は最小限に抑えられたってわけだ。検察だって、証拠を持っていながらむざむざ無駄にしたって批判されたくはないだろうしな」

菊乃をはじめ、和藤、甲斐田、西森は、無言で相模の話を聞いている。

菊乃は足許に置いてあるバッグにそっと視線を遣った。その中には、数日前に日邦新聞社会部に流れてきた書類のコピーが入っている。

他でもない、検察が押収したという差別入試の証拠書類であった。

全受験生の一次試験の得点表で、そのうち女子受験生の得点のみが手書きの斜線で消され、横に減点された数字が新たに書き込まれている。

現物は検察が押収したが、コピーが何点かあったらしい。アリバイ作りのつもりであろうか、今頃になって非主流派の誰かがそれを社会部に差し出したのだ。そのさらなるコピーを堀江から渡された菊乃達は、あからさまで稚拙な改竄《かいざん》ぶりに、改めて嫌悪の念を抱いたものだ。

「松兼理事の経歴をもっと丹念に洗ってれば、ウチとの接点も〈染み出て〉きただろう。その点はこっちの手抜かりだ。担当したのは遊軍だが、文句を言うわけにもいかねえ」

若手や中堅からなる第一線の新聞記者は、実は社内の権力構造に極めて疎い。普段は現場の取材に追われて社内におらず、宴会などで社内人脈を築いている暇すらないからだ。

それは社会部のデスクレベルでも同じであって、「社会のどこに自社OBがいるか」といった情報のないまま取材が開始されることは珍しくない。またOBの方でも、新聞社出身である、もしくはその縁故であることを積極的に明らかにしていない場合が意外と多い。人間の常として古巣の新聞社より現在の職場を大事にしようとする。今回のケースがまさにそれだ。

決定的なスクープではなくシリーズ特集という形にしたのも、そこで他大学についても大いに言及させ、統和医大単体への追及を少しでも減らそうという大学側の意を汲んだものだろう。

「ええと、つまり、この事件が世に出た本当の経緯を国民は知る由もないし、今後も表には出ないってことですか」

最初に口を開いたのは西森だった。

「そういうことになるわな」

「それじゃ、檜葉さんのスクープだって事実はどうなるんですか、社内的に」

甲斐田の問いに、相模は松本楼名物のカレーの残りを平らげながら、

「なかったってことになってるらしい」

「そりゃあ、いくらなんでもひどすぎるんじゃないですかねえ」

和藤も不愉快そうに言う。

「ただ、社会部の連中はみんな知ってるから、檜葉の評価は上がってる。代わりに東海林部長の株は下落の一途だ。それでも社会部長かって。部員からあれだけそっぽ向かれたら、あの人もこの先はないだろうよ。檜葉に刺激されたのか、本社の相談窓口には東海林部長からセクハラやパワハラを受けたって訴えが殺到してるそうだし。それでも上に忠節を示したわけだから、どっか別の部署で定年までふんぞり返っていられるかもしれんがな」

「檜葉さんはほんとにそれでいいんですか」

西森が憤然として訊いてきた。

菊乃は思い出したようにカレーを口に運び、

「仕方ないでしょう。社の決めたことだし」

自分の手柄は消えてしまったが、いいことがなかったわけではない。

統和医大と日邦新聞がいち早くトップ間で手を打ったため、証言者の名前は追及されなかった。おかげで神林晴海は、今も理事職にとどまっている。

「でも……」

不服そうな西森に、菊乃自身、考えながら答える。

「他社も後追い記事をばんばん出してる。差別入試を告発するって目的は達せられたわけだから、これ以上騒いでもね。それに、私達だって特集記事に関わってるわけだし」

そうだ。まだ特別取材班が解散したわけではない。シリーズ特集として追及は続いているのだ。

日邦新聞の記事がきっかけで、統和医大だけではなく、他大学医学部や医大における不正の実態も次々に暴かれた。たとえそれが統和医大経営陣の目論見通りであったとしても、国会で取り上げられる運びにもなったし、今後は入試における差別は一掃されるか、そうでなくても徐々に、そして確実に減っていくだろう。

だけど——と菊乃はスプーンを動かしつつ、さらに思考を凝らす。

監視を怠ってはならない。不正や腐敗は、国民が一瞬でも目を逸らすと、素知らぬ顔であらゆるものに忍び入る。ことに女性差別は厄介だ。

差別を追及する側の報道人でさえ、意識的、無意識的との区別を問わず、差別心を持っている。この自分もまた例外ではない。

男と女。性差というものが存在する限り、人間社会から性差別はなくならない。

——でも少しずつ、そう、少しずつでもよい方向に変えていくよう努力し続けることはできる。

あの夜、神林晴海が言っていた。もっと前には和藤も同じことを言っていた。その通りだと何度も思う。だから自分は努力を続ける。

「……それでいいじゃない」

うっかり口に出してしまった。全員がこちらを見る。

「なに言ってんだ、おまえ?」

怪訝そうな相模に対し、

「あ、ちょっと独り言を」

「ヤバいぞ、おまえ。独り言が出るようになったら認知症の初期症状だって言うからな」

「はい、すみません、気をつけます」

恥ずかしさをこらえて謝ると、和藤が相模に向かって言った。

「独り言だったら、キャップもよく言ってますよ」

「え、俺？　俺は独り言なんて言ったことねえよ」

「言ってますよ。なあ、みんな」

和藤が振ると、甲斐田と西森が同時に頷いた。

「言ってます」「ものすごく言ってます」

「えっマジ？　嘘だろ、やめてくれよ冗談は……マジなの？」

急に狼狽し始めた相模を横目に見ながら、菊乃は一人バッグを手に立ち上がった。

「四番機檜葉、取材に行ってきます。ではお先に」


三時間にわたる理事会を終えた晴海は、書類とノートパソコンの入ったトートバッグを抱え、執務室へと戻った。来客用の椅子は相変わらずパイプ椅子のままだが、一層苦しくなった予算を考えるとぜいたくは言えない。そもそも、自室の設備に不満など何もなかった。

デスクチェアに腰を下ろした途端、またも悲鳴のような音がした。

そうだ、不満は一つだけあった。この椅子だ。だがもうしばらく付き合っていくしかない。今は統和医大にとって試練のときなのだ。

トートバッグの中から資料を取り出し、机の上に広げて再検討する。

会議はほぼ順調に進行した。以前に比べるとストレスは格段に少ない。理由は明らかで、本間理事長と蜂須賀副理事長が一連の不祥事の責任を取る形で揃って辞任したからである。

蜂須賀副理事長は当初、常務理事である晴海をも道連れにしようと画策していたらしい。差別入試の実態を証言したのが晴海であるということは、関係者には公然の秘密となっている。しかし、それゆえに企業体としての大学が最悪の事態を回避できたという事実があるので、正面から晴海を弾劾しようとする気運は蜂須賀の思うようには高まらなかった。

そうした動きとは関係なく、晴海は女子学生に対する深刻なハラスメント問題を緊急動議として提議した。

被害学生から対応を一任されていた晴海は、席上で学内の自浄を強く訴えた。被害学生は刑事告訴も視野に入れているという。これ以上の不祥事は大学にとってそれこそ致命傷となりかねない。理事達に選択肢はなかった。こうした難局を乗り切るには晴海の力が不可欠であると判断され、晴海は引き続き常務理事として留任を求められた。

遠山歯学部長は憤懣《ふんまん》やるかたないといった表情だったが、それでも晴海の留任に賛成を表明した。

また北教授は、内面をまったく窺わせぬ無表情でやはり賛成の挙手をした。

統和医科大学就業規則により熊崎准教授は諭旨解雇、久米井事務局長は停職一か月、大船学生管理室長は譴責《けんせき》の懲戒処分を受けた。そのうち久米井は一週間後に退職願を出し自ら去った。

——僕は医局制度と地方医療の崩壊という未曽有の窮地にあって、本学を救ったのだ。なんら恥じるところはない。むしろ誇りとさえ思っているよ。もっとも、やり方は多少まずかったかもしれんがね。

蜂須賀が退任する直前、事務的な連絡のため医学部長室を訪れた晴海に向かい、彼は毅然としてそう言った。

——結局は誰かが汚名を被ることになるのは分かっていた。何もかもその覚悟があってやったことだ。他に方法がなかったのは、神林君、君だってよく知っているだろう。

負け惜しみとも取れる蜂須賀の言葉に、晴海は何も言い返せなかった。そのときの蜂須賀が、別人かと思えるほどに堂々として見えたせいかもしれない。少なくとも、彼の発言が強い信念に基づくものであることは疑いを容れなかった。

確かに蜂須賀のやり方は「多少」、いや、かなり「まずかった」。だが仮に、うまくやっていたとしたらどうだったのか。それですべてが解決したのか。あるいはもっとひどい事態になっていたのか。

同時にこうも思う——蜂須賀は結局、最後まで「何が問題であったのか」ということを理解していなかったのだ。

そこにこそ男女の越え難い認識の差とでも称すべきものが在る。では、それを乗り越えるには、男も女も、これからどうしていけばいいのだろうか。どう生きていけばいいのだろうか。

分からない——

蜂須賀には蜂須賀なりの、他の理事達には彼らなりの考えがある。

自分は自分の道を往くだけだ――

晴海は静かに目を閉じる。

不正入試の実態が明らかになり、過去に受験し不合格とされた女性達が被害者の会を結成して提訴した。晴海は誠心誠意、被害者への謝罪と賠償に努めるつもりである。

まだまだ混乱の日々が続くことだろう。社会からの信頼を回復する日がいつになるか、見当もつかない。

だが、必ずやり遂げる。

そして、そのときこそ小山内先生に会いに行く――

檜葉のはからいで、先生とはスマホを通し週一回程度の頻度で会話できるようになった。話したいこと、相談したいことは山ほどある。先生の体調もあり、一度にそう長い時間は話せなかったが、それでもこんなに嬉しいことはない。

それから、庭の手入れもしよう。絵美香や有希恵が、ぜひ手伝わせてほしいと言ってくれている。今度の日曜はどうだろうか。雑草を抜き、土を耕し、季節の花を植えるのだ。父や母がしていたように。ここは〈家族〉の庭なのだから。

目を開けた晴海は、バッグの中から駅の売店で買った新聞を取り出す。日邦新聞だ。

事件がどう報道されているかチェックするため、このところ日邦新聞に目を通すのが習慣となっていた。

例のシリーズ特集の紙面を眺めていると、片隅に新たな企画が載っていた。『現場医療の最前線』。短期連載のレポートらしい。第一回の内容は、生活支援を受ける外国人の健康管理に携わる女性医師の一日を追ったものだった。真摯に取材して書かれたことが伝わってくる、充実した記事と言える。

晴海は思わず目を細める。

最後に記されていた執筆者の名は、「檜葉菊乃」であった。

初出
「ジャーロ」88号（二〇二三年五月）～91号（二〇二三年十一月）

※この作品はフィクションであり、実在する人物・団体・事件などには一切関係がありません。

月村了衛（つきむら・りょうえ）

1963年大阪府生まれ。早稲田大学第一文学部卒。2010年、『機龍警察』で小説家としてデビュー。'12年『機龍警察 自爆条項』で第33回日本SF大賞を受賞。'13年『機龍警察 暗黒市場』で第34回吉川英治文学新人賞を受賞。'15年、『コルトM1851残月』で第17回大藪春彦賞、『土漠の花』で第68回日本推理作家協会賞を受賞。'19年、『欺す衆生』で第10回山田風太郎賞を受賞。'23年、『香港警察東京分室』が第169回直木賞候補となる。他の著書に『槐』『十三夜の焔』『非弁護人』『半暮刻』などがある。

対決《たいけつ》

2024年4月30日　初版1刷発行

著　者　月村了衛《つきむらりようえ》

発行者　三宅貴久

発行所　株式会社 光文社

〒112-8011　東京都文京区音羽1-16-6

電話　編　集　部　03-5395-8254

　　　書籍販売部　03-5395-8116

　　　制　作　部　03-5395-8125

URL　光　文　社　https://www.kobunsha.com/

組　版　萩原印刷

印刷所　萩原印刷

製本所　ナショナル製本

落丁・乱丁本は制作部へご連絡くだされば、お取り替えいたします。

ISBN978-4-334-10298-2